NORA KNAPPE

Darf ich Dir das Sie anbieten?

Vom Dasein der Widrigkeiten
Misanthropische Erzählungen mit Lichtblicken

Mit Illustrationen von Michaela Herbst

W0280474

OMNINO.

„Mein Name ist Ernst und ich hätt‘ gern ein Bier.“
Steinritzung in einem neuzeitlichen germanischen Weinkeller, vermutlich Anfang 21. Jh.

Impressum

Bibliografische Informationen der Deutschen Nationalbibliothek
Die Deutsche Nationalbibliothek verzeichnet diese Publikation in der Deutschen Nationalbibliografie; detaillierte bibliografische Daten sind im Internet über
http://dnb.d-nb.de abrufbar.

ISBN: 978-3-95894-156-4 (Print) / 978-3-95894-157-1 (E-Book)

© Copyright: Omnino Verlag, Berlin / 2020

Alle Rechte, auch die des Nachdrucks von Auszügen, der fotomechanischen und digitalen Wiedergabe und der Übersetzung, vorbehalten.
E-Book-Herstellung: Open Publishing GmbH

WAS STEHT DENN DRIN?

Vorwort. NUN IST ES AUF, DAS BUCH ...

„Was macht die Kunst? Wie geht‘s, wie steht‘s?“
So fragt‘ man einst, doch heute tut
man traulich flöten: „Alles guuut??“
Nun folglich die Befragte zagt,
ob sie schlicht ja sagt oder klagt,
ob sie erklärend sich bemüht,
was in ihr vorgeht, in ihr glüht,
gleich still den Zweifel formulieret,
ob wirklich *alles* interessieret,
und was denn resultieren tut,
wenn eben *alles nicht* ganz gut.
Kurz, sie entschließt sich, zu berichten,
nicht nur Frohes, nein, mitnichten,
ganz offen und ganz unumwunden,
doch ach: Der Frager ist verschwunden ...

Weil es trotzdem einiges zu erzählen gibt über die Welt da draußen, aber auch die in einem drinnen, hat sich die Zeilenfabrikantin ins stille Kämmerlein zurückgezogen und dem illustren, aber schwer auszusprechenden Erstlingswerk („Ey, Mann, du Arsch, pass doch auf!“, 2013) einen Nachfolger zur Seite gestellt, der jeden Höflichkeitstest sofort bestehen würde. Auch hierin finden sich teils veränderte, teils erweiterte Kolumnen wieder, die seither in der Tageszeitung „Stendaler Volksstimme“ erschienen sind. Hinzu gesellen sich Texte, die es bisher nur auf lose Blätter geschafft hatten. Jetzt endlich können sie alle zusammen ausrufen: „Wir sind ein Buch!“

Dieses Buch übrigens lärmt nicht, bellt nicht, beißt nicht, fährt niemanden tot und braucht nur ganz, ganz wenig Platz. Putzen, ölen oder füttern müssen Sie es auch nicht. Nur liebevoll behandeln. Und natürlich lesen. Und weiterempfehlen. Oder verschenken.

Das einzige Risiko: Am Ende ist es zu Ende.

Aber bis dahin sind es ja noch ein paar Seiten.

Viel Vergnügen und wohldosiertes Sinnieren,
wünscht Ihnen

Nora Knappe, Stendal anno 2020

SELBSTGESPRÄCHE UND ANDERE WUNDERSAME BEGEBENHEITEN

Handliches

Der Mensch und seine Hände ... Was einst Felle gerbte, Beeren pflückte und kunstvolle Gegenstände schuf, ist heute oft nur noch ein lästiges Anhängsel, dem versucht wird, zu Sinn und Geltung zu verhelfen, indem man permanent elektronische Flachgeräte wie ein Kellnertablett vor sich her trägt. Dieses, vermutlich als vorübergehend zu betrachtende Extremitäten-Tuning dürfte sich jedoch kaum genetisch durchsetzen. Sodass der Mensch dereinst so wie heute vor dem Problem steht: Wohin mit den Händen? Manch einer greift zu Flasche oder Verbundstoffbecher und trägt ein Getränk spazieren. Manch anderer behilft sich mit einer Zigarette, wenngleich auch die schon nicht mehr allein genügt, sondern oft nur noch in Gesellschaft eines telekommunikativen Geräts in der Zweithand ausgehalten wird.

Besonders schwierig ist es stets beim Fotografiertwerden. Sicher würde auch die Kanzlerin beim Politfototermin gern mal einen Hasenohren-Spaß machen, behilft sich nun aber zur Wahrung der Souveränität mit geometrischen Fingerfiguren. Einfallslosere Zeitgenossen lassen die Hände einfach in den Hosentaschen verschwinden. Das soll sehr staatsmännisch wirken, steht aber oft auf der Kippe zum Model-Gehabe.

Um solchen Verlegenheiten zu entkommen, wurde der Sektempfang erfunden. Auch an einem längst leeren Glas kann man sich nämlich eine ganze Weile ganz prächtig festhalten.

Die Farbe des Dienstags

Kann man Geräusche sehen? Haben Töne Farben? Oder rufen Farben einen Klang im Ohr hervor? Es gibt Menschen, die würden auf diese Fragen mit ja antworten. Die Synästhesie ist ein erstaunliches Phänomen, und wer über sie verfügt, ist vielleicht sogar zu beneiden – erweitert sie doch das Empfindungs- und damit das Erlebnisspektrum gewaltig. Behaupte ich jetzt mal, ohne freilich zu wissen, ob es nicht auch ziemlich nervig sein kann, wenn einem im Wartezimmer nicht nur das Lila der Wand nicht gefällt, sondern das Ganze sich auch noch schrecklich anhört. Sich dessen durch gleichzeitiges Augenzukneifen und Ohrenzuhalten zu entziehen, sähe sicher merkwürdig aus und hätte womöglich gleich eine unverlangte Überweisung zum Spezialisten zur Folge. Das aber ist gewiss ein Nischenthema. Ganz im Gegensatz zu dem weitverbreiteten Phänomen, dass manche Menschen eine Farbe sehen, wenn sie an einen bestimmten Wochentag denken. Ich habe das seltsamerweise nur für den Dienstag – der ist vor meinem inneren Auge irgendwie orange. So ein gleißendes Feuerorange. Der Rest der Woche ist farblos. Rein synästhetisch betrachtet. Da ist es wahrscheinlicher, dass ich, wie neulich von jemandem empfohlen, „das Geräusch vor Augen“ habe, wenn man mit einem Messer über ein Holzbrett schabt. Das Experiment war schnell aufgebaut, und ich muss sagen: Ein tolles Geräusch! Und es sieht so ... so ... ja, wie denn nun aus?

Philosophie im toten Winkel

Wer bin ich? Wo im Leben stehe ich? Was ist meine Rolle in der Welt? Diese Fragen bewegten wohl nicht erst die recht löblichen Philosophen der Antike, nein, sie bewegten wahrscheinlich auch schon unsere fellbehangenen Vorfahren – nur dass die sich dazu weniger eloquent äußern konnten. Antworten auf solche Fragen sucht die Menschheit immer noch (*ma ham ja sonst nüscht zu tun*), aber zufriedenstellend sind die Ergebnisse nicht wirklich. Auch laue Rotweinabende, Phasen verdüstert-melancholischer Lebensfreude-Negierung oder Nach-Theater-Gesprächszusammenkünfte, anlässlich derer gern Fragen nach dem großen Ganzen ins Universum geworfen werden, tragen nur selten zur Erhellung bei.

Die Antwort auf die ganze Sinnduselei kann aber auch ganz brachial-banal ausfallen. So wie neulich. Mit einem Schlag war alles klar. Ohne viel Denktätigkeit. Es geschah auf dem Straßenpflaster der Tatsachen: Vorbeiradeln an parkenden Autos – ein Pick-up setzt zum Ausparken an. Ich fast dran vorbei, er fährt los. Kurz vor Kollision beiderseitiges Abbremsen – ein Fenster wird runtergekurbelt, ich sehe: ein Bekannter, lächelnd. Gespielte Entrüstung meinerseits. Er, wieder lächelnd, diesmal mit leicht süffisanter Note, aber dennoch entschuldigend schulterzuckend: „Tja, du warst im toten Winkel." Ja. Was gibt es mehr zu sagen? Ich war im toten Winkel. Eine Grenzerfahrung! Ich weiß jetzt Bescheid. Ich kenne meinen Platz. Und frag nicht mehr. Nur das „Tja" gibt mir irgendwie noch zu denken.

Der lästerliche Makel

Da es naturgemäß schwierig ist, sich selbst mit ausreichend Abstand zu beobachten und zu bewerten, übernehmen das praktischerweise die Mitmenschen. So was nennt sich dann Klatsch und Tratsch oder auch: Lästerei. Wie gern wäre man da mal dabei, wenn über einen so dies und das gesprochen wird. Da erführe man bestimmt viel Neues über sich selbst. Geht ja aber nun mal nicht – denn sobald man den Raum beträte, würde sich das Gespräch so abrupt wie lässig um irgendwas anderes drehen. Also kriegt man es nie mit, was andere davon halten, wie man sich so benimmt.

Da es nach meinem Kenntnisstand keine Positivlästereien gibt, wäre das aber auch kein Vergnügen. Also, macht man es doch besser gleich selbst.

Die eigenen Schwächen und Makel zu benennen, soll ja sowieso sehr kathartisch sein. Nun denn, schaue ich dem Grauen tapfer ins Angesicht und übe mich im Selbstentweihräuchern:

Ich bin schweigsam-grüblerisch. Dauerskeptisch. Oft sehr negativ und nihilistisch. Auch brüsk. Spitzfindig, mokant und zynisch. Zuweilen spottend-erhaben. Eigenbrötlerisch und eigensinnig. Wenn nicht sogar starrköpfig. Mäkelig und wählerisch. Allergisch auf Gewese, Gehabe und Geschwätz. Bin sprachpenibel und weiß oft was besser. Bildungs- und Kulturignoranz setze ich gern eine entsprechende Arroganz entgegen. Man kann sagen: Ich bin schwierig.

So. Puh. Da ist bestimmt noch mehr. Und bestimmt war das jetzt alles noch ziemlich nett. Aber ich will den

Lästerern ja nicht den *ganzen* Wind aus den Segeln nehmen. Außerdem muss ich mit so viel Unzulänglichkeit jetzt selber erst mal klarkommen.

Die Ästhetik des Schnöden

Man will ja gar nicht immerzu Schönes und Sinnfälliges schaffen. Zumal oft gerade das Absichtsvolle zum Scheitern oder vielmehr Nichtgelingen verurteilt ist. Aber manchmal passiert es einfach so. Da sieht die Mail, die man soeben prägnant kurzsätzig und zeilenspringend verfasst hat, doch plötzlich aus wie ein sondersam geformtes japanisches Gedicht. Ein Reim ist bei zeitgenössischer Poesie ja ohnehin nicht vonnöten, und so wundert man ins eigene Werk verliebt noch eine Weile vor sich hin, bevor man die heitere Überlegung ad acta legt, das hasardöse Profanpoem vielleicht bei einem bedeutsamen Wettbewerb einzureichen. In Japan hätten sie sicherlich Sinn dafür, dort hat man schließlich auch ein Wort erdacht für einen Befund, der im Deutschen recht unhandlich-unlyrisch mit „Bücher liegen in Stapeln auf dem Fußboden oder auf Regalen rum und warten darauf, gelesen zu werden“ beschrieben wäre. Die Japaner haben die Poesie dieses Zustandes erkannt und nennen ihn Tsundoku. Man muss sich also nicht für diese leichthin als bourgeois-intellektuell abgetane, vermeintlich arrangierte Unordnung schämen, sondern kann beim Rundgang durch die Wohnung demnächst ganz lässig sagen: „Und hier ist meine Tsundoku-Sammlung.“

Ein ganz normaler Vormittag

Ich weiß nicht, was zuerst da war: der Gedanke oder der Schreck. Jedenfalls ist es

6.35 Uhr, ich schrecke aus dem Schlaf hoch und denke zweierlei:

Die Soße steht ja noch aufm Herd!

Oder?

In schlaftrunkenem Alarmismus stolpere ich in die Küche und sehe nach. Und tatsächlich, ja, der Topf mit der gestern Abend gekochten Sahnesoße steht da noch. Zum Abkühlen eben. Ich hebe den Topfdeckel an, rieche vorsichtig am Soßenprodukt und befinde das Ganze für noch genießbar. Stelle den Topf also nach zehn Stunden Abkühlen in den Kühlschrank und lege mich wieder hin. Schlafen kann ich nach diesem aufregenden Erlebnis aber irgendwie nicht mehr so richtig. Zumal ich schon an das nächste Ungemach denken muss – den Zahnarzttermin.

Beim Frühstück bereite ich mich auf dieses über einen Bonusheft-Eintrag hinausgehende Event vor, indem ich statt der Tageszeitung den Beipackzettel eines Serums lese, das mir nachher gespritzt werden soll. Die Rubriken „Überdosierung“ und „Nebenwirkungen“ beunruhigen mich leicht. Und da, wird mir nicht auch schon irgendwie komisch ... leichter Schwindel, beschleunigter Puls? Schaue vom Beipackzettel zum Frühstückstisch und drossele meinen hypochondrischen Anfall mithilfe der Erkenntnis: Ach, nee, wird wohl vom Kaffee sein.

Im Wartezimmer bahne ich mir meinen Weg an Bauklötzern, Bauklötzern und einem giftgrünen Zahnzeige-Plastekrokodil vorbei zu einem Sitzplatz. Die Wartezeit will ich mir mit der Lektüre eines Büchleins vertreiben, das den vielversprechenden Titel trägt: „Zahnärzte sind auch Menschen“ ... Doch dazu kommt es nicht, ich werde schon aufgerufen.

Die angekündigte Spritze wird vorbereitet, währenddessen ich gestehe, den Beipackzettel des Präparats gelesen zu haben und vor dem Termin heute ein bisschen Angst gehabt zu haben. Zahnärztin und Assistentin schauen halb belustigt, halb erstaunt: „Ach was? Den Zettel haben *wir* ja noch nicht mal gelesen!“ Schieben jedoch gleich beruhigend nach: „Aber wir machen das mit dem Serum schon seit Jahrzehnten.“

Auf seltsame Nebenwirkungen eingestellt und entsprechende Symptome erwartend, gehe ich anschließend noch rasch in den Supermarkt nebenan. Suche Nudeln, stehe im Gang, auf einmal kreuzen in Schlappen und Bademantel schlurfende Gestalten mein Blickfeld. Ich schaue noch mal genauer hin: Nein, keine Halluzination. Ich entsinne mich, dass Abi-Mottowoche ist. Seltsame Erfindung, hatten wir damals nicht, denke ich noch, aber da ist die gymnasiale Karawane schon meinem Blick entschwunden ... ich höre sie nur noch leise schlurfen.

Will dann noch in die an die Kaufhalle angebaute Bäckereifiliale, was nicht ganz einfach ist. In der geöffneten Eingangstür steht ein Hund und blockiert den Durchgang. Das Tier ist ungefähr 15 Zentimeter hoch. Am Ende der Leine, im Laden drin, sein Frauchen. Draußen, vor Tür und Hund, ratlos eine junge Frau, die das Blockadetier trotz verhinderten Zugangs zur Backwarenauswahl aber offenbar doch toll findet: „Ooooooch, ist der aber süüüüß!“ Flugs bekommt sie das Leinenende in die Hand gedrückt, während Frauchen in Ruhe Kuchen aussucht. Der Hund vergisst erstaunlich schnell, zu wem er gehört, die Leine als Anhaltspunkt reicht ihm offenbar, er hechelt die neue Leinenhalterin erwartungsfroh an. Auch die junge Dame hat offenbar Nähebedarf und knuddelt den Vierbeiner zu sich heran. Mir soll's recht sein, immerhin ist der Eingang nun wieder frei.

Im Erledigungsrausch steuere ich nun gleich noch die Drogerie an. Ich brauche ein Fensterwischdings mit Gummileiste vorne dran. Also, eigentlich nicht brauchen, aber haben wollen. Der Kauf ist erfolgreich und versetzt mich in aufgeräumte Stimmung. Zu Hause, beim zufriedenen Betrachten des Einkaufs, also des Gummifensterwischdings, kommt mir auch der Kassenbon zu Gesicht. Ich studiere ihn mit einer Mischung aus Langeweile und halbherzigem Interesse und lerne dabei nicht nur, dass das Fensterwischdings offiziell und wegen Platzmangel auf dem Bon „Duschkabinenabz." heißt, sondern erfahre auch, von wem ich an der Kasse bedient wurde: „Aushilfe ISS" steht da. Was mich nun nachträglich ein wenig wundert. Denn einen Raumanzug hatte die Frau jedenfalls nicht an. Okay, dass Raumfahrtmissionen nicht billig sind, weiß ich. Und ein bisschen Bodenhaftung hat sicher noch niemandem geschadet. Aber dass Astronauten jetzt schon als Aushilfskräfte bei Rossmann an der Kasse sitzen ... Ich kann mir nicht vorstellen, dass *das* die Forschung voranbringt – hingegen müsste die Analyse und Evaluierung der Konsistenz einer übernächtigten Soße im Kontext zunehmender Alltagsuntauglichkeit überforderter hominider Individuen ein interessantes Promotionsthema sein.

Tach, Tristesse!

Man schleppt auf einmal so eine Laune mit sich herum. Irgendwie schlechte Laune. Oder nein, eher so eine Trübsal und Schwermut. Oder ist da doch irgendwo ein Frustpartikel? Man fühlt sich so missgestimmt – oder fehlgestimmt? Nicht wirklich übellaunig, mehr so melancholisch, gedrückt, beladen. Die herbeigesehnte Leichtigkeit macht angesichts von so viel Phlegma und Tristesse gleich wieder kehrt. Man hat sich das nicht ausgesucht. Leute, die immer schlechte Laune haben, täglich nörgeln, motzen, meckern, schimpfen, poltern – ja, die sind fein raus. Die fallen nicht negativ auf, wenn sie mal einen guten Tag haben. Kriegen eher noch wohlwollende Belobigung: Ach, guck mal, der kann auch nett sein! Leute aber, die sich für gewöhnlich ausgeglichen, freundlich oder sogar fröhlich-beschwingt durch die Öffentlichkeit bewegen, werden scheel angeschaut, wenn sie ausnahmsweise mal einen Tag erwischt haben, an dem ihnen die eigene Gleichmut und Zahmheit abhanden gekommen sind. Da ist man dann eben auch mal mürrisch, gnorzig, gniesgnaddelich und vergisst auch mal, ja, einmal!, dass die Tür ‘ne Klinke hat. Weil man unzufrieden ist mit sich und der Welt und das halt auch mal raus muss. Und was erntet man? Abschätzige Blicke und blöde Kommentare.

Ach, man wird es wohl aushalten müssen. Und sich noch ein bisschen in der eigenen Elegie suhlen. Morgen ist ja bestimmt alles wieder normal.

Das Leben der Fliegen

Gibt es eigentlich ein Regelwerk zur artgerechten Haltung von Stubenfliegen? Allein der Name suggeriert ja, dass diese Fliegensorte für eine inhäusige Unterbringung geeignet sein muss. Auch wenn die Nachfrage in der Zoohandlung eher zurückhaltend sein dürfte. Aber es bedarf ja auch gar keiner Nachfrage und keines Verschleppens unschuldiger, in Käfigen gefangener Stubenfliegen in menschliche Behausungen. Denn der Stubenfliege gelingt es auf wundersame Weise immer wieder von ganz allein, sich Zugang zu den von ihr favorisierten Räumlichkeiten zu verschaffen. Da kann man noch so viele Fliegen-müssen-draußen-bleiben-Netze an die Fensterrahmen kleben. Also gehen wir die Sache pro-aktiv an, wie man unternehmerisch-lässig so sagt, und fragen uns: Was können wir ihr Gutes tun, der lieben Stubenfliege?

Sie klebt ja immer nur stupide an der Deckenlampe oder donnert mit unvermindertem Elan gegen die Fensterscheibe. Das kann auf Dauer doch nicht gesund sein. Sollte sie es sich nicht lieber auf einer kleinen Stubenfliegencouch bequem machen, ein Schüsselchen Pferdemist und ein Glas Menschenschweiß mit Trinkröhrchen in Reichweite? Kann man beim Fernsehanbieter vielleicht einen Fliegenkanal abonnieren mit ordentlich Kadaver und Exkrement im Programm? Und natürlich muss immer ein Menschlein in der Nähe sein, dem sie lästig um die Ohren brummen und so auf die Nerven gehen kann.

Die Fachwelt, finde ich, sollte sich diesen Problemen langsam mal widmen. Denn ich glaube, dass wir Menschen den Fliegen gegenüber generell zu negativ eingestellt sind. Wie sonst ist es zu erklären, dass ich neulich eher mit auf widerwärtiges Empfinden hindeutenden Gesichtszügen und dennoch von einer unerklärlichen Faszination gepackt, zwei unglaublich hässlichen und stark behaarten Monsterfliegen dabei zuguckte, wie sie auf dem Außensims meines Küchenfensters sommerlich-träge kopulierten ... Jaja, das taten sie. Er hockte bräsig auf ihr, hatte seine Vorderpfoten in ihr Gesicht gepatscht, sie wackelte alle paar Sekunden öde-lasziv mit den Flügeln. Das zog sich so hin. Ich konnte mich weder dezidiert vom Geschehen abwenden, noch mein Angewidertsein ob der wirklich hässlichen Gestalt dieser Wesen ablegen. Ich kochte mir derweil einen Tee, ohne zu versäumen, immer mal wieder nach dem Rechten zu schauen bei den beiden Turtelbrümmerchen. Und tatsächlich: Nach einer guten Viertelstunde kam Bewegung in die Sache. Er fing an (noch auf ihr sitzend!), sich die Hinterbeine zu putzen, und dann – flog er plötzlich davon. Donnerte noch kurz im letzten Liebestaumel gegen die Fensterscheibe, was seine Auserwählte ihm kurz darauf gleichtat. Fort waren sie. Und haben einen Menschen mit vielen, vielen Fragen zum Leben der Fliegen zurückgelassen.

Maulfaul

Manchmal, oder nein, eher oft rede ich nicht gern. Dann fehlt mir der Elan, die komplizierten Wirrungen der Gedanken mit all ihrem Für und Wider und Hin und Her auch nur ansatzweise in Worte zu fassen. Denn noch während ich den einen Gedanken denke, ahne ich ja, was man darauf entgegnen könnte, argumentiere also im Stillen so für mich hin, wäge noch ab und schubse allerlei Grauzellenballast durch die Hirnwindungen, entscheide mich dann so allmählich, vielleicht doch auch mal was zu sagen, doch da ist das Gesprächsthema entweder längst an einer anderen Stelle angelangt oder ganz vorbei.

Manchmal aber habe ich einfach keine Lust, etwas von mir zu geben. Es ist mir dann schlichtweg zu anstrengend, mich am Gespräch zu beteiligen. Manche Mitmenschen wissen das und nutzen die Gelegenheit entweder, um selbst auch nur mal vor sich hin zu schweigen – oder um mir ein Ohr abzukauen. Das ist dann okay. Das meiste, was man mir erzählt, vergesse ich sowieso.

Eine Kommunikationsform, mit der ich aber in jedem Fall ganz gut klarkomme, ist die des Selbstgesprächs. Die ist meist sehr überschaubar und zudem energiesparend. Neulich beim Radfahren drehten sich die Gedanken plötzlich um Essen. Da sagte ich: „Rote Zwiebel! Ja, genau!“ Darauf ich: „Und Feta.“ Gespräch beendet.

Zum Abendessen gab es, man ahnte es schon, Salat.

Geräuschliches

Unter den Geräuschen gibt es recht hässliche. Dazu gehört nicht nur das stumpfe Schluffquietschen ausgetrockneter Filzstifte auf Papier, sondern auch jegliches Hantieren mit Styropor. (*Uuuuaaah ... Entschuldigung, ich musste mich kurz schütteln.*) Auch das permanent schniefende Nasehochziehen des Sitznachbarn in öffentlichen Verkehrsmitteln ist äußerst unerfreulich.

Aber halten wir uns nicht lange beim Unschönen auf, sondern wechseln zu den angenehmen Geräuschen. Zum Beispiel das Knispeln von trockenem Laub, wenn es herbstgewirbelt von den Bäumen trudelt und sich die Blätter dabei gegenseitig berühren. Oder das leise Rauschrascheln der Getreideähren, wenn der Wind hindurchstreicht. Oder auch das melodiös-hohle Gluckgluckgluck beim Eingießen der ersten Schlucke aus einer Flasche Wein.

Woran es nun noch mangelt, ist ein zufriedenstellendes Vokabular zur Beschreibung von Geräuschen. Denn Piepen, Kratzen, Knistern, Rascheln, Summen, Blubbern, Kreischen, Rauschen, Wispern sind zwar schon ganz schön, aber es fehlt die sinnliche Verfeinerung. Geräusche riechen und schmecken halt nicht und sehen nicht aus wie irgendwas, was sich damit vergleichen ließe. Geräusche sind, wie sie sind.

Mit Staunen erfüllt es mich daher, wenn jemand Vogelstimmen lautmalerisch wiederzugeben oder dem passenden Tier zuzuordnen vermag. Was dem Kenner ein *rhäab-rhääb-rääb-räb* oder *tiü-tiü-tiü, wiwiwiwi, twitt, zit*, ist dem Laien letzlich bloß ein *piep-piep* oder *tüdelüt*.

Guck-Ohr

Wer Arztgeschichten nicht gern hört oder liest, kann dann jetzt zu einem anderen Text weiterblättern. Wen solche Sachen aber interessieren, darf dranbleiben. Wird auch nichts Schlimmes. Nur die Feststellung, dass so ein Menschenohr eine prächtige Sehenswürdigkeit abgibt. Nach erfolgreicher Warmwasserspülung durch professionelles Praxispersonal war nicht nur die volle Hörkraft bei der Patientin wiederhergestellt, sondern es schloss sich noch so etwas wie ein kleiner Ausstellungsrundgang an. „Oh, das sieht aber gut aus, ein schönes Trommelfell", sagte Schwester 1. Und lud gleich Schwester 2 zum Schauen ein, hielt ihr das Ins-Ohr-guck-Gerät hin mit den Worten: „Da, wollen Sie auch mal?" Natürlich wollte sie. Die Patientin ließ sich geduldig ins linke Ohr gucken, winkte spaßeshalber auf Höhe des rechten Ohrs, für den Fall, dass sich ein guter Durchblick ergäbe, und sann darüber nach, ob sich für so eine Ohrbesichtigung vielleicht Eintritt nehmen ließe.

Das bessere Früher

Wenn früher alles besser war, ist dann nicht, aus der Zukunft betrachtet, heute schon alles ziemlich gut? Und überhaupt: Welches Früher ist denn gemeint, wie viele dieser Früher gibt es wohl – würden die alle kongruent zueinander sein?

Was mich betrifft, so wären die besseren wahrscheinlich die postpubertären und volljährigkeitsnahen Zeiten gewesen, als man weder Weltschmerz noch Einschlafprobleme hatte, als Schuhe viel länger gehalten haben und man noch in der Lage war, ohne große Internetplanung und ohne Nimm-das-Handy-mal-lieber-mit-Paranoia ganz angenehm und entdeckungsreich Ausflüge und Wanderungen zu machen. Andererseits bin ich auch irgendwie froh, diesem Lebensalter und all seinen Unbilden entronnen zu sein, man war ja doch auch ganz schön unwissend und naiv und orientierungslos.

Wenn „früher" allerdings die Zeit meint, als es uns Menschen noch nicht gab, könnte man der These vom „Alles besser" zumindest aus Weltsicht wohl zustimmen und stellvertretend Hoffnung aus einem Witz schöpfen: Da trifft die Erde einen anderen Planeten und der fragt: „Na, Erde, wie geht's?" „Gar nicht gut. Ich hab' Mensch." „Ach, nicht so schlimm, das vergeht."

Wie solcherlei Defätismus nun mit der heimeligen Weihnachtszeit zu vereinbaren ist, zu welcher diese Zeilen niedergeschrieben wurden, weiß ich auch nicht. Ich hätte neulich wohl statt nur einer Tasse besser gleich eine ganze Kanne vom „Sorglos"-Tee trinken sollen.

Dilemma einer Ungetauften

Die Teilnahme an einem Gottesdienst kann eine Ungetaufte schon in die Bredouille bringen. In der Kirchenbank sitzend, tut sich die Frage auf: Hätte man am Eingang besser ein Gesangbuch mitgenommen, obwohl man nur beruflich bedingt lauschen wollte? Nicht nur, dass man von den Liedern kaum eines kennt und kann, manch eines möchte man auch gar nicht so unbedingt mit anstimmen und damit die eigene Verdammnis besingen, sondern würde eher darüber diskutieren wollen. In derartige Überlegungen und die Bewunderung der Kruzifix-Schattenwürfe an der sonnenbestrahlten kalkweißen Wand vertieft, bekommt man eine nette Banknachbarin – *mit* Gesangbuch. Selbiges wird denn auch, kaum dass die ersten Pfarrersworte an der Ungetauften vorbeigerauscht sind, sacht ein Stück herübergeschoben. Also: Mitsingen! Text? Melodie? Egal, einfach mitbrubbeln. Vier Strophen – geschafft. Doch dann: Ein Gebet, im Stehen. Sitzenbleiben wäre wohl unhöflich. Aber suggeriert das Mitaufstehen nicht ein Dazugehören und wundert sich das Umfeld dann nicht, dass man nicht mitspricht? Dieses Nur-so-tun-als-ob kann doch auch nicht richtig sein ... Und was tut man dann, da man ja nicht mitbetet? Souverän in sich gekehrt nach vorn schauen oder die Unsicherheit kaschierend nach unten?

Ach je, so viele Fragen. Es ist an dieser Stelle vielleicht von anekdotischem Reiz, dass meine Großeltern mütterlicherseits „Unglaube“ hießen.

Sternschnupfen

Mein Hintern ist eingeschlafen, ich habe Nackenschmerzen und das Gefühl, als könnte sich ein vorherbstlicher Schnupfen anbahnen. Und das alles nur, weil ich rein naturwissenschaftlich interessiert und weltbetrachtungsaffin neulich nachts mal wieder auf meinem Balkon saß. Anlass dafür, in wenig bequemer Haltung zu versuchen, mit schräg hinterwärts gelegtem Kopf an der Balkonüberdachung vorbei in dem schwarzen, sternenübersäten Himmel eine Sternschnuppe zu sichten, war schlicht Urlaubsnostalgie. Im Sommerferientagebuch nämlich findet sich mehr als einmal der von nüchterner Begeisterung inspirierte Eintrag: „Sternschnuppe!" Dieses, kindlich-große innere Freude auslösende Ereignis wollte ich nun, nach längst vorbei seiendem Urlaub, gern wiederholt haben. Und tatsächlich: Es geschah! Ein leuchtender Streif sauste am Abendhimmel hernieder. Ich wünschte mir nichts, freute mich aber und sagte: „Ha!" Am nächsten Abend konnte ich der Verlockung nicht widerstehen und begab mich zur selben Zeit wie tags zuvor in gewohnt unbequeme Sternenglotzeposition auf den Balkon. Am Himmel: außer den wie üblich rumhängenden Sternen – nichts. Eine Viertelstunde später trottete ich enttäuscht wieder nach drinnen. Tja, eine Sternschnuppe ist halt kein Linienbus.

Was für ein Zustand!

Es gibt einen Zustand im Leben, da ist alles anders. Plötzlich hat man nicht mehr so richtig Zeit für all das, was man sonst so routine- und ritualgewohnt zu tun pflegt: Man hört weniger Radio und liest weniger Zeitung und lässt die Bücher links liegen und die Bügelwäsche und den Abwaschberg. Und man hat keine Zeit mehr für Freundetreffen, für das ausführliche Antworten auf Mails oder für lange Telefonate, weil man die Zeit, *die* man hat, auf einmal ganz anders verbringen möchte – mit jemandem, der bis dahin noch nicht zum eigenen Leben gehörte. Und diese Zeit möchte man manchmal am liebsten anhalten, weil die Tage gar nicht lang genug sein können. Es ist dieser Zustand, in dem einem so vieles, worüber man sich sonst ärgern würde, einfach total und ganz egal ist. Dieser Zustand, in dem man singend Schlangenlinien radelt oder vor sich hin grient, selbst wenn man gerade nur Geld vom Automaten holt oder durch den Nieselregen nach Hause geht. Man bekommt zu hören, man sehe aus „wie das blühende Leben", wobei man sich fragt, wie man das hinkriegt, weil man doch eigentlich vor lauter Schlafmangel aussehen müsste wie ein schlechtgeschminkter Grufti.

All dies passiert nicht oft im Leben. Aber es ist wunderschön und einmalig. Und deshalb macht es überhaupt gar nichts, dass man keine Zeit für all das Gewohnte hat. Denn das schleicht sich dann schon wieder früh genug ein ...

Für C.♥

DIGITAL NAIVE

Liebe Grube

Sie dürfen mich gern korrigieren, sollte ich mit der folgenden These gänzlich danebenliegen. Die These ist eine Melange aus Optimismus und Pessimismus, man könnte auch sagen: charakterlich schwarz-weiß. Sie lautet: Das Schreiben auf digital veranlagten Kommunikationsgeräten ist angesichts des Schriftbildes nicht nur äußerst eintönig und un-individuell, sondern birgt gleichzeitig auch enorm hohes Unterhaltungspotenzial.

So kommt es in handgeschriebenen Schriftstücken doch äußerst selten vor, dass man sich bei gängigen Wörtern und Begriffen in der Auswahl und Anordnung der Buchstaben vertut. Sobald die schriftliche Kommunikation beabsichtigenden Finger jedoch statt eines Stifts nur noch Tasten oder berührungsempfindliche Bildschirmsegmente zur Verfügung haben, scheinen sie jeglicher Koordination und Nervenbahnsteuerung abhold zu sein. Darüber kann man sich aufregen, wundern oder aber sich amüsieren.

Denn wo, wenn nicht per SMS oder E-Mail, bekommt man schon mal am Ende der Nachricht „Liebe Grube“ bestellt? Oder erfährt, dass jemand an seinem freien Tag „einfach nur auf der Wiese lieben“ möchte. Oder dass, wer sein Auto unter entsprechenden Gehölzen parkt, mit „von Bäumen herabfallenden Eichen“ rechnen muss. Dies alles ist bei allem Heiterkeitspotenzial nicht nur eines längeren Nachdenkens wert, sondern führt schließlich zu der Erkenntnis: Man sollte moderne Technik nicht immer gleich verteufeln!

Abend analog

Ich wollte ins Internet. Mein Laptop aber teilte mir schriftlich mit: „Kein Zugang zum Netzwerk". *Und warum nicht?*, dachte ich. Konnte es aber auch nach einigem unfachmännischen Rumgeklicke nicht rausfinden. Und im Internet nachgucken ging ja nicht. Dem Tipp einer technik-affinen Freundin folgend, setzte ich an dem schwarzen Gerät mit grünen Lämpchen, aus dem alle netzwerkelnden Kommunikationsschnüre rauskommen, per Reset alles auf Anfang. Natürlich in der Hoffnung, dass dann wieder Internet da ist. Großer Fehler! Plötzlich hatte ich nicht nur kein Internet mehr, sondern auch kein telefonierfähiges Telefon.

Wenig ambitioniert, dieses Problem zu später Stunde noch lösen zu wollen, und gleichzeitig befürchtend, dass mit einem nochmaligen Reset womöglich auch der Kühlschrank nicht mehr funktionieren würde, schaltete ich die Technik aus und nahm mir ein Buch. Erst da kam mir der Gedanke, dass die Verbannung in die analoge Abendgestaltung genau mit selbigem Buch zusammenhängen musste: Es fühlte sich schlicht und ergreifend vernachlässigt, denn ich hatte es, wegen seiner abschreckenden Dickheit und Langatmigkeit, schon einige Zeit nicht mehr zur Hand genommen. Der Stoff für einen apokalyptisch-dystopischen Film begann in meinem Kopf Konturen anzunehmen: „Die Buddenbrooks-Verschwörung". Bald auch auf Netflix – wenn das Internet wieder geht ...

Helfie gefällig?

Das „Selfie“ mag es inzwischen in jenes Abteil des Wortschatzes geschafft haben, in dem Wörter landen, die man nie haben wollte, aber die irgendwann einfach da sind und so unbekümmert bemüht werden wie Formulierungen à la „händeln“ (Kann man andere Angelegenheiten womöglich bacheln oder goetheln?) oder „Coffeebackshop“ (Kann man da den Kaffee zurückgeben?) oder, neueste Entdeckung: „Kekse to go“ (Gebäck, dem man offenbar das Laufen beigebracht hat?). Sich darüber aufzuregen soll jedoch nicht Gegenstand dieser Betrachtung sein. Denn statt immer nur rumzunörgeln, wollen wir dieses Phänomen mal positiv sehen. Und kommen zum eingangs erwähnten Selfie zurück.

So ein Foto wird ja statt eines althergebrachten Selbstauslöserfotos nur nötig, weil die modernen Kleinbildkameras und erst recht die Smartphones so abgemagert sind, dass man sie halt nicht mehr hinstellen und alleine lassen kann, weil sie dann gleich umfallen und nur noch Himmel oder Erde fotografieren würden. Und dann sehen halt diejenigen, die so ein Krückenfoto entstehen lassen wollen, zumeist irgendwie ziemlich ungelenk beziehungsweise hilfebedürftig aus. So lang kann kein Arm sein, wie man die Kamera weit weg halten will, um außer zwei breit grienenden Gesichtern wenigstens noch *etwas* motivbereichernde Umgebung drauf zu haben.

Kürzlich wollte ich also zwei Bekannten bei derartigem Vorhaben behilflich sein, indem ich mich als Auslöser-Betätiger anbot, und erfand prompt die Weiterentwicklung des Selfie. Gut gelaunt fragte ich: Na, wie wär‘s mit einem

Helfie? Nach kurzem Zögern und höflichem Lächeln setzten die beiden ihr umständliches Sich-selbst-Fotografieren allein fort, was ich als Absage interpretierte.

Aber wir wissen ja: Jedes neue Wort muss sich erst Bahn brechen. Eventuelles Verlachtwerden muss man da in Kauf nehmen. Dem Handy als Wort ging es anfangs auch nicht anders.

großKlein zu sammen egahl

Die Aufnahme in die exklusive, sich durch gepflegten Umgang miteinander auszeichnende Online-Gesprächslounge mit dem blau-weißen F ist bestimmt eine der schwierigsten Hürden im Lebenslaufleben des modernen Menschen. Nicht jeder schafft den Sprung in diesen elitären Kreis. Und nicht jeder traut sich überhaupt erst. Heute möchte ich es wagen und mich gern mit folgendem Bewerbungsschreiben für die Mitgliedschaft qualifizieren. Also:

Liebes Facebook,

ich weis das mann nich unbedingt Deutsch können muß um bei dir mit zu machen. auch Sazzeichen und klein und groß und erstrecht zusammen Schreibung sind nich so wichtich. eigentlich kann Mann schreiben wie mann will und auch ordentlich schimpfen und mottzen. Ich glaube daß, würde mir auch echt mal viel Spaß machen. Is doch unglaublich fiel verlangt immer zu kucken wie nu wass geschrieben wirt. Geht doch auch so (Zwinkerding, Grinseding).

Und echt mann voll blöd immer die Besserwisser, kann mann nich mal sagen, wie es wirklich ist? Immer alle so vorsichtig und „etepetete“ voll korrekt. Ne, ich will auch einfahc mal frei Schnauze wenn beleidigen und beim sprechen setze ich schließlich auch keine kommas und so ... oder was? Leider fällt mir grahd keiner ein dem ich mal so richtig die Meinung sagen kan. aber darum gehts wohl auch gar nicht. Dabeisein is alles, oder was? wobei, so die ganzen Assi‘s und Ossi‘s und Wessi‘s und Knalli‘s und Dödel‘s, die müssen ja nun hier nich auch noch ihren Senf absondern. Schließlich gehts ja hier auch, um „meinungs“ Bildung (Grinseding). Also ich hoffe ich, konnte dich von meiner Quallifizierung überzeugen.

Ich muß jetz schlussmachen, weil mir das jetz langsam zu anstrengent wirt. So viele Buchstaben auf einmal und dann noch gantze setze. neee. kein bock mehr.

Tschüss, deine NoRa

Brillenfilm

Neulich war ich zum ersten Mal mit Sonnenbrille im Kino. Die gab es zum Film geschenkt. Das schien mir auch sinnvoll, handelte es sich doch um einen Film, der zum großen Teil auf einem sehr hohen, sehr verschneiten Berg spielt. Und da empfiehlt sich ja zur Vorbeugung von Schneeblindheit das Tragen einer Sonnenbrille. Fand ich also sehr aufmerksam. Auch wenn ich ja erst dachte, dass das, was die Kassiererin mit den Eintrittskarten in Raschelglanzfolie eingewickelt über den Tresen schob, ein Eis am Stiel wäre. Warum auch nicht – zum Film in eisigen Höhen ein Eis? Nette Idee. Aber war ja kein Eis, sondern eben eine Sonnenbrille. Die mir auf wundersame Weise auch noch dabei behilflich war, den Film überhaupt sehen zu können. Denn als nach den ersten Einstellungen sich die Schärfe auf der Leinwand – trotz aufgesetzter Minus-Dioptrien-ausgleichender eigener Brille – nicht so recht einstellen wollte, probierte ich es halt wie alle anderen mit der geschenkten Sonnenbrille. Und siehe da: Man sah was – und dabei, wie ich mit heimlichem Seitenblick auf die Mitguckenden feststellte, schon auch ein bisschen seltsam aus ... so mit Sonnenbrille im dunklen Saal.

Nach zwei Stunden war das eisige, angstschweißtreibende Abenteuer überstanden. Für etliche Protagonisten im Film endete es mit dem Tod durch Abstürzen oder Erfrieren – für die Filmzuschauer mit dem Absetzen der 3-D-Brille und dem Platttreten runtergefallener Popcörner. Plötzlich erschien mir die Welt wieder seltsam zweidimensional ...

Ohne Anhang

Jetzt isses wieder passiert. Ich habe eine Mail abgeschickt und noch während ich auf dem Feld „Senden" mit einem beherzten Klick den elektropostalischen Versand meines digitalen Schriftstücks veranlasse, denke ich: Oh nein, nicht! Halt! Zurück!! Denn was habe ich vergessen? Natürlich: den lang und breit und höflich angekündigten Anhang mitzuschicken. Also auch überhaupt erst mal anzuhängen. Das ist sowas von oberärgerlich, weil oberflächlich und oberschusselig! Bei anderen ärgert man sich immer, wenn man so eine Mail kriegt, und denkt: Warum haben die nicht einfach nochmal hingeguckt vorher? – Ja, warum eigentlich? Kann ich mich nun mal selber fragen und bleibe die Antwort selbstverständlich schuldig. Die kurz darauf hinterhergeschickte zweite Mail *mit* dem Anhang dran macht das Ganze auch nicht mehr besser.

Dieser Fauxpas beschäftigt mich. Denn schließlich stecke ich doch auch keine zugeklebten Briefumschläge in den Postkasten, ohne den zuvor beschriebenen Briefbogen beigelegt zu haben. Oder schicke einen nur mit Luft gefüllten Paketkarton ab. Oder lade jemanden zum Kaffeetrinken ein, stelle aber nur Teller und Tassen hin, ohne Kuchen drauf und Kaffee drin. Oder fahre mit leerem Koffer in den Urlaub. Oder stelle die Waschmaschine an ohne Wäsche drin. Oder gieße mir einen Tee ohne Tee auf. Was eigentlich alles ganz tröstlich ist und beweist: Wir können noch wichtig von unwichtig unterscheiden.

Echt virtuell

Wozu braucht man eigentlich eine virtuelle Realität, wenn die Realität doch schon virtuell genug ist? Frag-denke ich jedenfalls nach einem bemerkenswert begegnungsreichen Abendspaziergang durch die Kleinstadt ... Zwei weibliche Jugendliche überholend, schnappe ich auf: „Oh, ich freu mich, gleich zu Hause was zu essen. Und dann in die Wanne, schön gemütlich mit Kerze und Laptop." Ich denke altertümlich-versnobt: *Mit Laptop in die Wanne? Gemütlich???* Da sagt die nicht minder technikaffine Begleitung: „Oh ja, oder mit Handy." Wenig später kommt ein torkelnder Mann des Wegs, hält sein Smartphone irgendwie in Ohrnähe in die Luft, erblickt mich, nuschelt melodiös: „Alles klar?" Ich bin mir unsicher, ob wirklich ich gemeint bin oder nicht eher der am anderen Ende der Handy-Leitung zu vermutende Gesprächspartner. Eine Antwort meinerseits bleibt in den Grübeleien darüber stecken, ob man in solchen Fällen eigentlich besser höflich antwortet oder lieber so tut, als hätte man nichts mitgekriegt.

Dann sehe ich vor einem Restaurant, in dem noch Betrieb ist, vier in halb-diskreter Vereinzelung stehende Menschen, alle in ihr kühl leuchtendes Kommunikationsgerät vertieft. Schweigend. Aber warum stehen sie eigentlich draußen? Ist Smartphone-Glotzen das neue Rauchen und in Gaststätten jetzt doch auch verboten?

Wie eine Zukunftsvision erscheint mir angesichts dessen das im städtischen Grün auf einer Bank sitzende Pärchen: Ein Mann und eine Frau unterhalten sich. Miteinander. Ohne Handy. Verrückt!

Betreff: Befremdlich

E-Mail-Postfächer sind ein Wunderding. Da findet man manchmal Sachen, die einen ins Grübeln bringen, denn sie kommen von Leuten, die weder zum engeren Freundeskreis noch zum Könnte-ich-über-drei-Ecken-kennen-Bekanntenkreis zählen. Leute jedenfalls, von denen man noch nie gehört hat. Ich bekomme neuerdings immer E-Mails nicht nur von ominösen Absendern, sondern auch mit irritierenden Betreffzeilen. Kevin Kaiser zum Beispiel weist mich darauf hin, dass mir „jemand eine Videonachricht hinterlassen" habe. (Wer ist Kevin Kaiser? Und wer ist „jemand"?) Paula Schmidt wiederum behauptet: „Ich habe dich nicht erreicht" (Wann? Wo? Womit?). Wilson Paul hält es knapp, bei ihm ist es im Betreff einfach nur „URGENT!!!!". Die Großbuchstaben und die vier Ausrufezeichen lassen tatsächlich eine gewisse Dringlichkeit vermuten.

Bislang habe ich natürlich nie reingeschaut in diese Mails, geschweige denn darauf geantwortet. Nun geht das aber immer so weiter, jeden Tag landen neue im Posteingang. Vielleicht sollte ich mich wirklich langsam mal bei denen melden. Aber egal. Neulich war eine Mail dabei mit einer nicht nur aufdringlich langen, sondern wirklich befremdlichen Betreffzeile. Da hieß es: „Laut einer neuen Umfrage möchten Frauen lieber als Männer mit ihrem Nachbar/ihrer Nachbarin fremdgehen." Das hat mich gleich mehrfach verwundert. Mal abgesehen von dem eigenartigen Umstand, dass man sich vornimmt, mit dem Nachbarn fremdzugehen – und offenbar ja in der Annahme, dass der das auch will –, und dies auch noch freimütig in einer Umfrage bekennt, hat mich etwas anderes stutzig gemacht: Wieso wollen die befragten Frauen nicht als Frauen fremdgehen, sondern sich dabei lieber als Männer ausgeben oder verkleiden? Gilt dieses Vorhaben nur für Karneval? Interessant auch, dass für die befragten Frauen als Zielgruppe eben nicht nur der Nachbar, sondern Schrägstrich ebenso die Nachbarin infrage kommt.

Und noch eine Frage bleibt zu beantworten: Wann, von wem und zu welchem Zwecke werden solche demoskopischen Erhebungen eigentlich vorgenommen? Ich erwarte die nächste Mail von Kevin und Paula.

Ferien mit Überraschung

Wie genau will man's eigentlich wissen? Die Suche nach einer Ferienunterkunft gestaltet sich mit zunehmenden Möglichkeiten, alles vorher schon akribischst auszuloten, immer schwieriger. Man müsste ja nicht die Bewertungen anderer Urlauber lesen, man müsste auch nicht dreimal hin- und herüberlegen, ob man nun lieber auf den Berg oder lieber auf den See blicken möchte (wenn man eh vorhat, tagsüber unterwegs zu sein, und so ja beides hat), und man müsste auch nicht wieder und wieder in die Satellitenkarte reinzoomen, um zu sehen, ob die Herberge zwar schön ruhig, aber auch nicht zu weit ab vom Schuss gelegen ist, ob da in der Nähe auch was zum Esseneinkaufen und Essengehen ist, man andererseits aber keineswegs über Kneipenlärm und Fischbratduft residieren möchte. Ja, das ist schon fein, dass man all das vorher nachgucken kann. Aber es vermiest einem doch auch die gespannte Vorfreude, wenn man alles schon in der 360-Grad-Umschau gesehen hat und Grundriss und Innenfotos angeklickt hat.

Nur eines kann auch die verspielteste Virtuelllandkarte nicht: Mir zeigen, ob die Bude abends voller Spinnen ist, die Dusche ihr Wasser nur rauskleckert, die Fenster undicht und die Betten durchgelegen sind oder das Rezeptionspersonal lustlos ist. Ein bisschen Überraschung muss halt doch sein.

Bin ich echt?

Man kann sich nie sicher sein, ob man wirklich die Person ist, die man glaubt zu sein. Ich zum Beispiel bin grad dermaßen verwirrt, dass ich nicht mehr weiß, ob ich es noch bin, die diese Zeilen schreibt, oder ein virtuell-transzendentales Ich, das nur zum Schein existiert, dennoch aber vorgibt, ich zu sein. Eigentlich war ich nur auf der Suche nach einer Unterkunft für einen längeren Reiseaufenthalt im Insel-Ausland. Die Vermieterin antwortete per Mail auch recht spontan, sie schien mir ein netter Mensch zu sein. Aber etwas war komisch: Immer wollte sie wissen, ob ich denn „a real person" sei. Um sie davon zu überzeugen, gab ich ihr Hinweise und Möglichkeiten des Nachschauens, nannte Internetseiten, verriet ihr, was ich arbeite, und am Ende meiner E-Mails stand sogar meine Adresse. Was kann man mehr tun? Schnell mal rüberjetten auf die Insel und sagen: „Hey, hier bin ich, ich bin echt. Ich schreib dir gleich wieder 'ne Mail"?

Nun, das Mietverhältnis kam nicht zustande. Sie glaubte mir einfach nicht, dass ich existiere und ich ich bin. Sie versah ihre recht brüske Absage mit dem folgenden Hinweis: Da ich über kein Facebook-Profil verfüge, könne sie nicht glauben, dass ich eine echte Person sei.

Ja, so ein Facebook-Eintrag ist schon ziemlich glaubwürdig. Wenn man sich da so die Nutzernamen und dazugehörigen Fotos anschaut, fällt eine eindeutige Identifizierung wirklich mehr als leicht. Ich hätte echt schon eher drauf kommen können und mich zum Beispiel als „Mietnomade007xtreme" anmelden und als Profilbild das unscharfe Foto eines verschimmelten Kühlschranks dazustellen können. Damit wäre meine Echtheit überzeugend bewiesen gewesen. Aber die einfachsten Dinge fallen einem eben meistens zu spät ein.

Stift-Triumph

Dass ich in manchen Dingen erneuerungsabgeneigt oder auch Moderne-skeptisch bin, daran ist nicht zu rütteln. Ich wasche noch per Hand ab, habe dazu das UKW-Radiogerät laufen, schaue so ungefähr zweimal in der Woche in meine Mails und schiebe erforderliche Antworten und Reaktionen wiederum einige Tage auf, habe neulich mein Akku-Ladestationstelefon wenig feierlich aus dem häuslichen Gebrauch verabschiedet und mir einen Apparat mit Ringelschnur am Hörer gekauft. Und ja, ich verschicke und bekomme gern Postkarten, mag Bücher aus Papier und habe einen Klodeckel, den man noch selber zumachen muss, statt ihn nach leichtem Antippen beim Erreichen seiner liegenden Endposition sich selbst zu überlassen. Soweit der Stand der analogen, Hand-lichen Dinge. Dass einem eine solche (vermeintliche) Rückwärtsgewandheit in bestimmten Situationen aber von lebensrettendem Nutzen sein kann, soll hier nicht schüchtern verschwiegen werden. Mein schon oft triumphierend gedachtes oder auch glücklich herausposauntes „Bleistift schreibt immer!“ ist zukunftsfähig. Egal ob Regen, Schnee oder Minusgrade: Mit einem Bleistift steht dem behänden Outdoor-Notieren da, wo Kulis und Tintenstifte jämmerlich versagen, nichts im Wege. Und in Sachen elektronische Bücherlesegeräte sage ich nur: Haben Sie sich etwa schon mal ein E-Book vom Autor signieren lassen?

WETTER GEHT IMMER

Wetter-Orakel

Wir werden wohl auch dieses Jahr nicht drum herumkommen. Alsbald wird es einsetzen, das „Schnee-Chaos!". Ja, mit Ausrufezeichen, sonst wirkt es nicht. Der Winter wird uns wieder „fest im Griff" haben, es wird ein „Verkehrs-Chaos" über uns hereinbrechen, nichts fährt mehr. Der Wetterbericht hat halt eine Schneeflocke vorausgesagt, da *muss* man sich einfach verspäten! Und wenn es doch nicht schneit („Ist ja mal wieder typisch deutscher Winter, nix Halbes und nix Ganzes, pfff!"), wird es garantiert regnen, und seien wir uns gewiss: Auch das wird nicht geordnet ablaufen. „Regen-Chaos" ist vorauszusehen. Mit dicken, großen grauen Wolken am Himmel, meine Güte, und da: ein Blitz! Schnell im Netz posten, wer weiß, ob nicht gleich die Welt untergeht. Sollte dann plötzlich doch die Sonne hervorlugen, ahnen wir schon: Das muss das „Wetter-Chaos" sein. Und ist es nicht auch gleich viel zu warm für diese Jahreszeit?

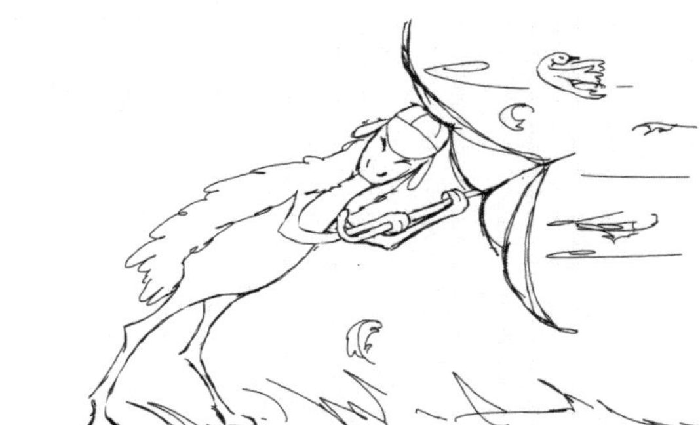

Un-Wetter

Bis vor Kurzem war es mit dem Wetter noch so: Eine Zeitlang schien es, als passiere da draußen gar nichts. Irgendwie unheimlich. Nicht so richtig kalt, dass man sich hätte beschweren können, von wegen „Hört denn dieser strenge Winter gar nicht mehr auf?“, aber auch nicht so eklig-schmuddelig, dass man Lichtmangel und Feuchtigkeitsüberdruss monierend hätte anbringen können. Also irgendwie ein Un-Wetter. Beinahe hatte man sich schon dran gewöhnt. Allerdings hatte man auch nichts zu meckern, und das fällt irgendwann auf. Dann aber, Sie erinnern sich vielleicht, kam vorige Woche der Donnerstag als einer der ersten richtig schönen Frühlingstage daher. Das hieß dann natürlich außer blauem Himmel, Achtung, auch steigende Temperaturen. Wegen der ersehnten Sonne (wer in Physik aufgepasst hat, weiß Bescheid). Da waren die ersten Jammereien natürlich nicht weit und schon drang es wieder leidend-beschwerdlich an unsere Ohren: „Puuuh, ist das warm.“ Das muss der Frühling gehört haben, denn schwuppdiwupp ist er auch schon wieder verschwunden, trotz astronomischer Terminvereinbarung.

Aber wir wollen jetzt niemandem die Schuld in die Schuhe schieben, sondern legen dem geplagten Warmwetter-Allergiker verständnisvoll-dezent einfach ein paar Nordkap-Alaska-Grönland- Reiseangebote vor. Er wird es uns sicher danken ...

Vom Grausel zur Suppe

Vom Weihnachtsliedersingen wollen wir zwar angesichts des Aprils noch Abstand nehmen, gleichwohl mit einer winterjahreszeitlichen Knobelei nicht hinterm Neuschneeberg halten. Denn angesichts des form- und facettenreichen Niederschlags der letzten Tage kommt, wie man da so schön gemütlich im Trockenen hinterm Küchenfenster steht und in die Betrachtung herabfallender Klein-Eis-Elemente versunken ist, doch die Frage auf: Ist das jetzt noch Graupel oder schon Hagel? Oder Schneegriesel? Oder Schnagel? Oder sogar Grausel? Weil sich die Antwort nicht von selbst einstellt und die kontemplative Fragenstellerin auch zu faul ist, irgendwo nachzuschlagen, zudem ein dies wissen könnender, mit ausreichend meteorologischer Kenntnis ausgestatteter Mitmensch nicht in der Nähe ist, schweifen die Gedanken prompt ab und man denkt beim Stichwort Graupel gleich an Graupen, die für gewöhnlich nicht vom Himmel fallen, sondern in der Suppe schwimmen. Graupensuppe ... wann hab ich die eigentlich zuletzt gegessen? Auch diese Frage verhallt ungehört in den Untiefen des im Mußemodus befindlichen Gehirns, lenkt aber wenigstens von der Ursprungsproblematik insofern ab, als man sich nun Gedanken darum macht, was man heute wohl zum Mittag essen wird ...

Wäre ich eine Kartoffel …

Der Keller ist derzeit der einzig mögliche Aufenthaltsort. Nicht weil es da so ausgesprochen gemütlich wäre, nein, aber es ist kühl. Und kühl ist derzeit das Einzige, woran ich denken kann. Wenn von Denken überhaupt die Rede sein kann angesichts dieser aufdringlichen Hitze, die einen lethargisch dasitzen und vom bloßen Nichtstun die Schweißperlen akut großflächig ausbrechen lässt. Der Tipp, die Wohnung nur morgens und abends zu lüften, damit es tagsüber schön kühl bleibt, ist mir bekannt und wird befolgt. Nach drei Tagen Wärme aber ist das mit dem Kühlbleiben auch nur noch Einbildung, und wenn man dann mal einen Tag zu Hause ist, steigert es nicht gerade das Wohlbefinden, diesen Tag hinter geschlossenen Fenstern und Türen zu verbringen. Also öffnet man sie doch, um beim Träge-Rumsitzen wenigstens ab und zu einen lauen Durchzugslufthauch zu erhaschen. Das macht die Wohnung dann allerdings auch nicht kühler. Also kommt wieder der Keller ins Spiel. Aber womit soll man sich bloß die Zeit vertreiben, wenn man da so im Keller ist? Und was macht das für einen Eindruck, wenn man dort im Halbdunkel rumsteht und nach dem nächsten vom Rohre sich lösenden, Erfrischung verheißenden Kondenswassertropfen lechzt? Man müsste schon eine Kartoffel, Konserve oder Bierkiste sein, um sich unverdächtig längere Zeit im Keller aufzuhalten. Aber will ich das?

Raschelfreude

Ja, ich weiß, ich bin erwachsen. Und ja, ich weiß, als arbeitender Mensch sollte man zum Feierabend angemessen geschafft, genervt und ermüdet sein, weil man sonst halt nicht aus voller Kraft gearbeitet hat. Und dann noch diese gen November-Blues tendierende Jahreszeit, in der man keine große Fantasie braucht, um sich vorzustellen, dass die Blätter alsbald nicht mehr gelb-prächtig in den Bäumen hängen, sondern schlaff-zermatscht am Boden liegen werden. Aaaber: Noch liegen sie nicht bräunlich, unansehnlich und zerfleddert auf dem Gehweg, sondern in all ihrer farbenfrohen, herbstlichen Herrlichkeit. Und das muss man ausnutzen. Welch eine innerlich-jubilierende Freude erfüllte mich doch da neulich auf dem feierabendlichen Heimweg, als ich – plötzlich wieder ganz Kind – die Füße nicht hob, sondern sie diebisch-vergnügt durch die große gelbe Blättermasse schob. Schlurf, schluff, raschel, ruschel ... Gleich noch mal umzukehren, habe ich mich dann aber doch nicht getraut.

Standhaft und freiheitsliebend

Zum Wesen des Schneemanns gehört es, außer männlich, bleich und dickbäuchig vor allem eines zu sein: allein. Ob erstere Eigenschaften letztere zur Folge haben, kann an dieser Stelle nicht geklärt werden. Und wir wissen auch nicht, ob die schneemännische Einsamkeit womöglich sogar selbstgewählt und maskulinem Freiheitsdrang entsprungen ist. Wie auch immer – statistisch betrachtet, gibt es jedenfalls mehr allein- als in einer Partnerschaft stehende Schneemänner. Darum verwunderte es neulich durchaus positiv, als am Spazierweg ein ausgewachsenes Exemplar in Begleitung dreier Schneemannkinder gesichtet wurde. Ein alleinerziehender Schneemann! Hat sich hier tatsächlich mal einer zu einem zeittypischen Familienmodell bekannt und sich ganz selbstbewusst mit seiner Kinderschar in der Öffentlichkeit gezeigt? Die Möglichkeit, dass die seinige Schneefrau nur grad auf Arbeit oder einkaufen oder einfach zu Haus geblieben war, ist unwahrscheinlich. Denn wann hat man überhaupt schon mal eine Schneefrau gesehen? Könnte aber auch sein, dass zum Schneemann ein Schneemann gehört, die Kinder sind adoptiert oder aus einer vorigen Beziehung mitgebracht. Alles ist möglich. Nur, dass die Schneemänner da halt nicht so gern drüber reden. Lassen wir ihnen also ihre Geheimnisse. Und ihren kühlen Stolz der standhaft Einsamen in urbaner Wildnis.

Wetter is' aus

Die Ressourcen werden knapp. Jetzt reicht nicht mal mehr das Wetter für alle. Und wer ist wieder abgehängt? Der Osten. Aber nicht nur der: Auch der Norden und die Mitte kriegen nichts ab. Jedenfalls verhieß der für Deutschland durchgefunkte Wetterbericht neulich schlicht: „Im Nordwesten überwiegend klar, im Süden starker Schneefall." Ende. *Ja, und sonst?*, fragte sich die interessierte, ostbehauste Hörerin und guckte vorsichtshalber mal aus dem Fenster, ob heute tatsächlich kein Wetter war. Aber, welch Erleichterung, es fand was statt: Bewölkt, grau, kein Niederschlag, Wind anscheinend so lala. Gut, das war jetzt vielleicht nicht spektakulär genug, um es im Radio anzusagen. Besser ist da schon penetranter Dauerregen, der einem unweigerlich den Hit „It's raining men ..." ins Ohr pladdert. Da wiederum täte schon eine Durchsage not, denn man müsste sich ja gefasst machen auf all die Kerle, die dann unsortiert auf Straßen und Gehwegen rumliegen. Durchaus nützlich, denn bestimmt wäre da auch der ein oder andere Meister dabei, der mal das blöde entmutigende Sprichwort widerlegen könnte.

Und wenn da schon die ein oder andere Begabung vom Himmel fiele, wäre vielleicht auch ein versierter Gebäudereiniger darunter. Der könnte dann gern mal bei mir auf dem Sims im zweiten Stock haltmachen und an den Scheiben den Profiwischer ansetzen. Im Wetterbericht hätte es dann zuvor geheißen: „Im Osten kommen die Fensterputzer." *So* könnte man doch gut informiert und beschwingt in den Tag starten.

ABENTEUER ZWISCHEN BOHR-LOCH UND ABWASCHBERG

Platz da!

Land in Sicht! So groß wie ein A4-Blatt, ungefähr. Schon mal nicht schlecht. Da kann man doch gut mit arbeiten. Die kleine, dunkelholzige freie Fläche auf meinem Schreibtisch gibt mir Hoffnung, dass es mit dem Aufräumen doch noch klappt. Das ist ein längerfristiges Projekt, das, sobald begonnen, immer wieder einen neuen Anfang erfordert. Es sammelt sich eben so einiges an.

Kleine Blick-Inventur: Blumentopf, Lampe, Stiftbecher, Stiftschatulle, Kalender, Radiergummi, Wecker sind auf dem Schreib-überleg-schneid-kleb-Dinge-ableg-Möbel dauerhaft erwünscht, der von ihnen beanspruchte Platz sei ihnen gegönnt.

Wie klebrige Kriechquallen allerdings breiten sich stetig kleine Stapel und Häuflein von Papier aus, schieben ihre raschelnden Tentakeln klammheimlich Zentimeter um Zentimeter weiter. Einseitig bedrucktes Papier zum Hinten-was-Draufschreiben. Notizbücher für Textideen. Post, die man noch beantworten will. Post, die man schon beantwortet hat. Post, die noch fertiggeschrieben werden muss. Fotos zum Noch-Auswählen. Fotos zum Schon-Einkleben. Zeugs, das irgendwann mal irgendwohin sortiert werden muss.

Ein Schreibtisch ist eine ernste Angelegenheit. Einen Schreibtisch aufräumen erst recht. Das will wohlüberlegt angegangen werden. Und so eine A4-Insel ist doch nicht nichts. Immerhin würde da dieser Karton ganz gut hinpassen, der so störenfriedlich auf dem Fußboden rumsteht …

Erdbeben selbst gemacht

In Island, heißt es, gibt es täglich Erdbeben. Das ist nichts Besonderes für die Einwohner des von Wetter und Erd-Urgewalten keineswegs verschonten Inselstaates im unwirtlichen Nordatlantik. Die Erdbeben sind auch kaum zu spüren, heißt es – sie sind da, aber eben irgendwie auch nicht. Das geht den Isländern also eiskalt am Allerwertesten vorbei. Die kann ja nicht mal ein veritabler Ausbruch eines an unaussprechlichen Silben reichen Vulkans erschüttern, der ganze internationale Flugpläne durcheinanderbringt. *Joa, er bricht halt aus, na und?* haben die Isländer da womöglich gedacht und nippten, auf der Veranda oder dem Lavafeld sitzend, an ihrem Kaffee – mit super Blick zum Vulkanausbruch natürlich. Sie sind eben offenbar Schlimmeres gewohnt. Wahrscheinlich würde erst der Exodus der Elfen und Trolle das Mythen-affine Volk tatsächlich mal erschüttern.

In derlei Gedanken versunken, saugte ich neulich im Wohnzimmer Staub. Durch eine leichte Unaufmerksamkeit geriet mir dabei allerdings die besagte Insel vor die Düse. Also die Landkarte, die auf dem Fußboden ausgebreitet lag und um die ich herumzusaugen gedachte. Hektisch versuchte ich, sie dem Saugersog zu entziehen, bevor ich darauf kam, das Gerät auszuschalten. Ich glaube, für eine halbe Minute war an diesem Tag auf einer kalten Insel im fernen Nordatlantik doch ein mehr als kleines Erdbeben zu spüren. In den Nachrichten allerdings war noch nichts.

Pisa steht

Ich habe ein Regal aufgebaut. Diese Tatsache an sich ist keine Sensation. Aber hätte ich alles so gemacht, wie es in der Anleitung steht, läge das Möbelstück jetzt immer noch unausgepackt im Auto. Laut der zeichnerischen Erklärung der Vorbedingungen für einen erfolgreichen Regalaufbau hätte ich nämlich:

Mir einen Mann besorgen müssen, der das schwere Paket trägt – aber auf keinen Fall allein, sondern gemeinsam mit einer langhaarigen Frau, die vorher schon mal die Anleitung gelesen hat.

Daraus resultierend hätte ich erst noch warten müssen, bis meine Haare auf Anleitungslänge gewachsen wären – oder mir halt eine Frau mit langen Haaren ausleihen.

Beim Kauf des Regals hätte ich auch gleich noch einen Fransenteppich mitnehmen sollen, denn auf einem solchen sollte das Möbel laut Zeichnung aufgebaut werden.

Ich habe also alles falsch gemacht. Aber: Das Regal steht! Es heißt übrigens „Pisa". Darum kam in der Anleitung wohl auch keine Wasserwaage vor – die hätte ich immerhin dagehabt!

Quetsch, stoß, ratsch, klemm

Die meisten Unfälle passieren im Haushalt. Um das praktisch-beweisend zu belegen, muss man nicht mal auf Leitern steigen, muss auch nicht mit Bohrmaschinen und Frittiertiegeln hantieren oder Teppichboden zuschneiden. Nein, es genügt manchmal schon, einfach nur in der Wohnung zu sein und alltägliche Banalitäten zu verrichten – in *der* Wohnung wohlgemerkt, in der man nicht erst seit gestern wohnt, sie also eigentlich mit Augen zu unfallfrei durchschreiten können müsste. Eigentlich. Aber die Wirklichkeit sieht anders aus: Natürlich weiß man, dass da und wo da ein Bett im Schlafzimmer steht – trotzdem rumpelt man beim Gang zum Fenster mit dem Bein unschön gegen die spitze Kant-Ecke. Und natürlich weiß man, dass da auf dem Fensterbrett Blumentöpfe stehen – trotzdem ratscht man beim gebückt ausgeführten Lampenstecker-in-die-Steckdose-Stecken exakt mit dem Augenwinkel an dem spitzen Dickblattende entlang. Und natürlich weiß man auch, dass man die Hand, bevor man die Besteckschublade zumacht, rechtzeitig daraus entfernen sollte – trotzdem verharren die Finger-Enden wie angeklebt am Holz und sind dem ordnungsgemäßen Verschließen natürlich arg hinderlich im Wege.

Naja, was soll man sagen: Wohnen ist echt nicht leicht. Und tut weh.

Kein leichtes Spül

Auch wenn es heutzutage schon Selbsthilfegruppen-verdächtig klingt: Ja, es gibt noch Leute, die von Hand abwaschen. Mich zum Beispiel. Das ist bei aller Lästigkeit ein sehr meditativer, beruhigender und zuweilen sogar inspirierender Vorgang. Leider aber birgt das Abwaschen oder besser gesagt das Resultat des Abwaschens nicht wenig Konfliktstoff – sofern mehr als eine Person im vertrauten Verhältnis zum behandelten Geschirr und Besteck steht.

Wenn mein Vater früher, als wir Kinder noch zum elterlichen Haushalt gehörten, abwusch, nahm er für alles eine Bürste. Eine Bürste! Für Gläser und Tassen genauso wie für Teller und Töpfe! Und alles im selben Wasser. Das war so wie die Sache mit dem Badewasser: Erst die Eltern, dann die Kinder. Abgelenkt vom grausigen Zustand der kaum mehr lauwarmen Badebrühe wurde man in jungen Jahren durch aufziehbare Plastefrösche oder sonstiges Badegetier. Nun, wir haben es überlebt und es war ja auch gar nicht *so* schlimm. Heutzutage baden die Kinder ja vermutlich in Sagrotan und bekommen nach jedem abgetrockneten Körperteil ein neues Handtuch. Nicht, dass da noch ein Ohrkeim ans Knie gerät!

Apropos Keime: Kommen wir zurück zum väterlichen Abwaschen. Da eine Bürste für die erforderliche Sauberkeit und Ansehnlichkeit von Trinkgefäßen nur bedingt geeignet ist, ging alles unter dem kritischen Blick von uns Kindern wieder zurück und musste *noch mal* saubergemacht werden, aber richtig! Ja, Kinder können halt auch streng und penibel sein.

Das habe ich bis heute beibehalten. Ich glaube allerdings mittlerweile, dass ich da ein bisschen sehr streng bin. Und vielleicht kompliziert: Gläser und Tassen nur mit dem Abwaschlappen, Besteck und Teller eher mit Bürste und Schwamm. Töpfe ebenso. Teller übrigens unbedingt auch von der Unterseite. Und zwischendurch, je nach Menge und Verschmutzungsgrad, unbedingt das Wasser wechseln. Auf alle Fälle gilt: Nach dem Säubern im Schaumwasser unbedingt noch unter fließendem Wasser abspülen. Dann darf abgetrocknet werden. Gläser und Tassen aber nicht mit demselben Tuch wie Teller und Töpfe. Ich gebe es zu, der Anspruch ist hoch. Aber machbar.

Wie ich nun allmählich einzusehen gewillt bin, ist es dem Eheleben durchaus zuträglich, von solch strengen Maßstäben auch mal abzuweichen. Das geht aber nur, indem ich nicht hingucke, *wie* abgewaschen und abgetrocknet wird. Also bleibe ich der Küche entweder ganz fern oder man beschäftigt mich derweil zur Ablenkung mit anderen Aufgaben.

PS: Leuten mit Spülmaschinen mag diese ganze Problematik fremd erscheinen. Solche Leute treibt ja eher die Frage um, wer denn nun den Geschirrspüler ein- oder ausräumt. Und das wiederum ist doch ein echt banales Problem.

Sicher ist sicher

Ist der Herd aus? Lieber noch mal in die Küche gehen und gucken. Dabei hatte man ihn an diesem Morgen ja noch gar nicht an. Aber sicher ist sicher. Und hatte man die Fenster auch wirklich alle zugemacht? Lieber noch mal, obwohl man ja schon die Straßenschuhe anhat, ins Wohnzimmer und Bad tippeln und nachgucken. Na ja, und klar, hatte man sie zugemacht. Aber war der Kühlschrank richtig zu, nachdem man noch schnell die Brotdose rausgeholt hat? Müsste eigentlich, aber manchmal schon, da war er nur fast zu. Lieber noch mal kurz gegenstipsen. Na gut, war zu. Dann kann‘s ja doch endlich losgehen. Bleibt nach dem Schließen der Wohnungstür nur noch zu überprüfen, ob man selbige auch wirklich zugemacht hat. Also sicherheitshalber noch mal mit aller Kraft gegenlehnen und dran ruckeln und ... okay, das ist jetzt wirklich übertrieben. Aber was, wenn man das Bügeleisen nicht vom Strom getrennt hat? Ach so, man hat ja gar nicht gebügelt. Schon länger nicht mehr. Aber man kann ja nie wissen... Und sicher ist sicher!

Werkstattkind

Eine meiner schönsten Kindheitserinnerungen ist die Werkstatt meines Vaters. Die war „auf dem Boden“, wie wir zu der zwar mit NVA-grünem Linoleum ausgelegten, sonst aber recht unwohnlichen, etwas düster-rumpeligen Etage sagten, die noch unter dem eigentlichen Dachboden des Hauses war. Aber wenn man die steile Treppe und den frostigen Flur erst einmal hinter sich hatte und an die Holztür klopfte, sodann die Klinke senkte und erst den Kopf reinstreckte, bevor man ganz in der Werkstatt verschwand, war das wie in einer anderen Welt. Der Ofen bollerte, die Werktisch-Lampe verströmte einen warmen Schein, von irgendwo in der Ecke dudelte ganz leise das Radio und man war eingehüllt vom Duft nach Leder, Holz, Klebstoff, Draht, Spänen. Mein Vater werkelte irgendwas, baute, bastelte, friemelte und ich war stolz, wenn ich aus den Quarkbechern im Regal Schrauben oder Nägel raussuchen oder selbst etwas kleben durfte oder sogar eine Kerze auf der Drehbank drechseln.

Aus dieser Zeit resultiert wohl meine Affinität zu Werkzeug und Selbermachen. Nun, für eine Werkstatt reicht der Platz in der Zweizimmerwohnung nicht, und die Wärme kommt halt aus der Zentralheizung. Aber was da ist, ist eine Grundausstattung an Werkzeug. Weshalb ich mich immer wieder aufs Neue wundere, dass heutzutage jedem neu gekauften Stuhl, jedem Regal und jeder noch so kleinen Holzkiste zum Selberzusammenschrauben ein Inbus-Schlüssel beiliegt. Ich kann gar nicht so viel schrauben, wie ich mittlerweile Inbusse habe ...

Wider den Kubus!

Wie alltagsuntauglich manche Möbel sind, weiß man erst, wenn man sie benutzt. So ist die Konstruktion von Regalen mit kubischen Fächern zwar ästhetisch ganz nett, aber letztlich völlig unpraktisch. Da stehen und liegen die Bücher dicht an dicht, eng auf eng zwar hübsch in der ersten Reihe, aber dahinter? Gähnende Leere und gelangweilter Staub. Bücher in zweiter Reihe zu parken, ist wenig ratsam, denn man will sie ja sehen und ohne Gepolter galant herausfischen. Diesem Dilemma ist nach jetzigem Erkenntnisstand nicht beizukommen. Der prekären Stapelung von CDs in den unendlichen Tiefen eines solchen Kubusfaches schon – indem man sich entschließt, ein Binnenregal zu bauen. Natürlich könnte man auch gucken, ob's so was in fertig gibt. Aber der Ehrgeiz des Selbermachens überwiegt halt manchmal die konsumentische Bequemlichkeit.

Am Ende ist man um einiges reicher: ein meditatives Schlendern durch den Baumarkt, einen Vorratspack Universalschrauben, einen Rest Meterware Holz, einige Stabilisierungswinkel, Muskelkater vom Sägen, einen Splitter im Fuß (keine Ahnung, wie der *da* hinkommt) und die Erfahrung, dass auch gestapelte volle Bücherkartons als Werkbank taugen. Und natürlich um ein leicht windschiefes, aber schon liebgewonnenes Regal im Regal.

Wasch-Drama

Man soll den Tag nicht vor dem Abend loben, heißt es. Hätte man jedoch ein vernünftiges Wörterbuch der Redewendungen, dann hätte man daraus sicher auch erfahren, dass man ebenso wenig die Waschmaschine vor dem finalen Schleudergang loben soll. Mangels Wörterbuch und aus irgendwie unerklärlichem Stolz auf das betagte, aber noch höchst funktionale Waschgerät tat ich es also: die treue Waschhilfe, die ich vor Jahren gebraucht übernahm, gegenüber einer Freundin ausschweifend und aus tiefstem ehrlichen Empfinden loben. Ein paar Tage später, die Maschine und ich hatten den Lobgesang wohl schon vergessen, riss sie mich eines Abends während ihrer Wascharbeit jäh aus meiner Sofagemütlichkeit. Aus meinem Bad drang ein Poltern und Rumpeln und Rumoren. Dachte ich zunächst noch gelassen „Ach, solche Geräusche macht se doch immer", mogelte sich kurz darauf ein skeptisches „Oder?" dazu. Also: nachgucken!

Bei der Inspektion bot sich mir folgendes erschütterndes Szenario: Das technische Gerät hatte sich rüttelnd etwa einen Meter vom ursprünglichen Standort entfernt, was den Blick freigab auf eine sich in der Waschmaschinen-Ecke am Boden befindliche interessante, grau-grünbräunliche Emulsion aus Lauge, Staub und Rost. Einziger Trost in diesem Moment: Immerhin hing das Gerät noch an seinen Versorgungsschläuchen. Für Rumraten und Wundern blieb jedoch keine Zeit, denn der Schleudergang setzte erneut ein. Tapfer warf ich mich in eine heroische Umarmung des Ungetüms, um dessen unschönen Tod durch Auseinanderbersten zu verhindern. Erfolgreich.

Ein kurz darauf spontan einberufenes Zwei-Personen-Expertenforum brachte die Erkenntnis, dass man wandernde Waschmaschinen nicht aufhalten kann und soll. Von derlei defätistischer Einstellung unbeeindruckt, kroch ich behände dem Unheil entgegen: dem Waschwasserrauslassschlauch, welcher nur noch am sprichwörtlichen seidenen Faden hing und angesichts des korrosionsbröseligen Gesamtzustands einer Wiederbefestigung auch eher abgeneigt schien.

Dies mit der Vermutung summierend, dass eine Unwucht auch künftige Waschgänge dramatisch beeinträchtigen, wenn nicht gar zur Katastrophe werden lassen könnte, sah ich dem Unvermeidlichen ins Auge: Abschied, Verschrottung, Neubeginn.

Mein Vertrauen in die Nachfolgerin allerdings lässt zu wünschen übrig. Kontrollzwang ist nur eine von vielen Spätfolgen meines Schleudertraumas. Nun überlege ich, wo in den Gelben Seiten ich Hilfe suche für mein Problem: unter „Paarberatung“? „Mediation“? „Konfliktbewältigung“? Ich hätte nicht gedacht, dass mich eine Waschmaschine mal derartig fertig machen könnte.

Putz, Mann!

Sich bei missliebigen Verrichtungen hinter angeblichem Nicht-Können zu verstecken, ist bei Männern ein beliebter Zeitvertreib. Insbesondere wenn es ums Saubermachen zu Hause geht. Bei genauerer Betrachtung kann es aber gar nicht an den Tätigkeiten als solchen liegen – sie brauchen nur das richtige Abenteuer-Harte-Kerle-Event-Ambiente. Wie sonst ist es zu erklären, dass Männer auf Baustellen, auf sorgsam von ihnen gepflasterten Wegen und Straßen fegen können? Dass sie, sobald es sich um gefährliche Tiere (wohlgemerkt kleine haarige Raupen und nicht etwa zähnefletschende, zottelhaarige, mehrköpfige Gruselmonster) handelt, sogar einen Staubsauger zu bedienen wissen? Oder dass sie erstaunlicherweise des Fensterputzens und des Polierens mächtig sind, sofern die zu reinigende Fläche zum heißgeliebten Automobil gehört? Und all dies mit einer überraschenden Fürsorglichkeit, ja beinahe innigen Hingabe.

Also: Von wegen „Meine Frau kann das viel besser ..." Nichts ist! Liebe Männer, schaltet einfach beim nächsten Haushaltstag die Fantasie ein bisschen ein und schon fühlt sich Fegen, Saugen, Wischen wie ein Mega-Crossfit-Power-Adventure an. Von dem es beim nächsten Grill-Abend viel zu erzählen geben wird – am Abwaschbecken.

Gedanken im Halblicht

Unliebsame Dinge aufzuschieben, gehört erwiesenermaßen zu unseren Lieblingsbeschäftigungen. Wer jetzt vehement zu protestieren ansetzt, kann ja gern noch mal kurz innehalten und überlegen: Steuererklärung schon gemacht? Fenster und Fahrrad schon geputzt? Das wacklige Wandregalbrett schon wieder fest angeschraubt? Die kaputten Schuhe zum Schuster gebracht? Die seit Langem auf Antwort wartende lange Mail schon beantwortet? Na? Sehnse, so is' das. Und deshalb mache ich mir auch gar nicht groß vorwürfliche Gedanken, dass das Licht im Bad seit ein paar Wochen nur noch mit halber Kraft leuchtet. Die Deckenlampe strahlte bis zum Zeitpunkt des fünfzigprozentigen Blackouts in zwei Richtungen. Jetzt nicht mehr. Könnte man ändern, aber eine Deckenlampe hängt hoch oben. Man müsste die Leiter holen. Und raufklettern. Und versuchen sich zu erinnern, mit welchem Trick man diese Steckglühlampen rausgefriemelt kriegt. Und ob es die überhaupt noch zu kaufen gibt? Müsste man mal rausfinden ...

Aber die andere Glühlampe leuchtet ja noch. Reicht doch. Und überhaupt: Spart das nicht Strom? Oder zieht sich das übriggebliebene Lämpchen nun gierig auch die Stromportion seines verschiedenen Nachbarn an Land? Keine Ahnung. Müsste man mal nachschlagen ...

Problem mit M

Ich hatte ein Problem: Ich habe mir mal wieder Bücher gekauft. Und zwei davon grad zu Ende gelesen. Nun mussten sie ins Regal, in das Fach, wo Autoren mit M sind – denn beide Bücher wurden von M-Autoren geschrieben und mein Bücherregal ist alphabetisch nach Nachnamen sortiert. Aber bei M war alles voll, da passte höchstens noch ein „Mosaik"-Heft dazwischen.

Das heißt also, dass bei M, wo auch ein bisschen L und N drin sind, ein Umzug anstand. Dafür aber musste natürlich auch erst mal bei O bis Z wieder neu sortiert werden. In manchen Fächern ist ja immer noch ein bisschen Luft, manche hingegen, wie zum Beispiel S, füllen sich auf wundersame Weise immer ruckzuck – und schon gibt es Stau. (Keine neuen Bücher kaufen ist im Übrigen keine Lösung!)

Der Stau musste also stapelweise aufgelöst werden, was zur Folge hatte, dass ich beim Stapelrausnehmen in den sonst verborgenen Bereichen der nach hinten offenen Regalfächer dicker Staubflusen ansichtig wurde und selbige erst mal beseitigen wollte, was wiederum bedeutete, dass ich den gewichtigen Stapel Bücher, den ich grad in der Armbeuge balancierte, zwecks Staubtuchholens wieder abstellen musste, die dabei entstandene Schräglage jedoch bewirkte, dass alle fein sortierten Bücher durcheinanderpurzelten – und ich mir fest vornahm, demnächst nur noch Bücher zu kaufen, deren Autoren mit Q oder X anfangen. Da ist nämlich noch genug Platz.

Das Frühjahr verputzt

Die Wahrheit, warum der Frühjahrsputz Frühjahrsputz heißt, ist: weil er sich übers ganze Frühjahr hinzieht. Und das liegt an folgendem Phänomen: Man fängt zum Beispiel im Schlafzimmer an, mit Staubwischen. Ach, gucke, denkt man, da ist ja der Bücherstapel, den ich meiner Schwester letztens mitgeben wollte. Trägt man den Bücherstapel also ins Wohnzimmer zur Ablagefläche für Alsbald-zu-Erledigendes. Dabei fällt einem der große Blumentopf ins Auge, in dem man schon längst mal die Erde austauschen wollte. Trägt man den Blumentopf also auf den Balkon, um ihn neu zu befüllen. Aber da sieht man ja schon das Altglas stehen. Wie unschön, das muss mal weg, denkt man. Geht man also wieder rein, um eine Tüte zu holen. In der Küche, wo die Tüten liegen, fällt einem auf, dass der Läufer mal wieder gewaschen werden müsste. Trägt man ihn also ins Bad zur Waschmaschine. Und da sieht man in der Abstellnische noch einen Karton rumstehen. Drinne ist Rischelraschelruschelverpackungsmaterial für empfindliche Paketinhalte. Denkt man: Ach, apropos Paket, der Bruder hat doch bald Geburtstag, da wollteste doch mal das Geschenk besorgen. Trägt man diesen Gedanken also ins Wohnzimmer, um ihn aufzuschreiben. Auf dem Schreibtisch fällt einem das kleine Kalenderbuch in den Blick, eine dicke Schicht Staub darauf. Denkt man: Wie lange hab ich das denn nicht umgeblättert? Und plötzlich stellt man fest: Es ist ja schon Sommer. Und denkt: Na, dann kann ich mir den ganzen Frühjahrsputz ja jetzt auch sparen.

Dübelgegrübel

Können in Plasteschächtelchen verpackte Schrauben riechen? Können sie! Wenn man durch die Gänge eines Baumarkts streift, riecht es auf jeden Fall nach Schrauben, Nägeln und Werkzeug. Und natürlich nach Holz. Herrlich! Allein schon für diese Gerüche lohnt es sich, einen Abstecher in die Werkzeug-Werkel-Wunderwelt zu machen. Auch wenn man eigentlich nur einen Dübel braucht. Da es *einen* Dübel aber nicht zu erwerben gibt, kauft man gleich 40. Die restlichen 39 kann man bestimmt auch noch irgendwann mal verwenden. Vielleicht ließe sich aus 24 von ihnen ja ein grandioser Adventskalender basteln. Bloß, was passt schon als Geschenk in einen Dübel? 24 Schrauben wären eine Idee, kann man ja auch immer mal gebrauchen. Aber spätestens beim Dübeltürchen Nummer 3 wäre der Überraschungseffekt bei der Beschenkten wohl dahin. Auch ein kleinerer Dübel im größeren wäre höchstens das kleinere Übel als gar nichts. Aber kreativ ist das auch nicht.

Darüber wäre also noch nachzusinnen. Der auserwählte eine Dübel jedenfalls hat seinen Platz gefunden, kuschelt sich in seiner ganzen grauen Gemütlichkeit ins Bröselbohrloch und tut seinen Dienst: einen Haken beherbergen, der wiederum ein Bücherregal auf sich nimmt. Und in meinem Wohnzimmer riecht es jetzt – nein, nicht nach Dübel, sondern nach Wildbuche geölt. Fast so schön wie im Baumarkt.

DER KLEINE KONSUMENT

Kauf-Vokabel

Ich weiß nicht, ob jemals zufriedenstellend geklärt wurde, wie die Dinger heißen, die man zur Besitzstandsanzeige auf das Kassenförderband zwischen die Einkäufe legt. Ist ja auch egal, man muss dazu nichts sagen – man schnappt sich so ein Fabrikat und legt es halt hin. Und kaufen will man sich so ein Element ja auch eher selten.

Anders verhält es sich jedoch mit nützlichen Dingen, die man bestrebt ist, im Einzelhandel zu erwerben. Zum Beispiel diese kleinen länglichen leuchtfarbigen Klebezettel, die man als Merkhilfe und beschreibbares Lesezeichen in Bücher oder Notizhefte kleben kann, wo sie dann zum Teil rausgucken. Ja, wie heißen diese Papierschnippel nun? Was sagt man im Schreibwarenladen auf der Suche nach ihnen? Na ja, man sagt halt das: „Ich suche *diese kleinen länglichen leuchtfarbigen Klebezettel, die man als Merkhilfe und beschreibbares Lesezeichen in Bücher oder Notizhefte kleben kann, wo sie dann zum Teil rausgucken.*" Und dabei wäre es so einfach gewesen: Sie heißen nämlich Page-Marker. Ist zwar Englisch, aber wesentlich kürzer.

Verwirrung am Kühlregal

Die folgende Begebenheit zeigt, dass es manchmal besser ist, *nicht* einkaufen zu gehen beziehungsweise die Beschaffung von Nahrungsmitteln nur dort zu tätigen, wo man nicht Gefahr läuft, für blöd gehalten oder für dumm verkauft zu werden. Aber manchmal lässt sich das eben nicht vermeiden. Also:

Haben Sie sich nach dem Öffnen einer Packung Feta-Käse schon mal gewundert, dass da gar nicht der Salat mit Oliven und roten Zwiebeln mit drin ist, so wie vorne auf dem Bild? Haben Sie? Ach so, naja, also dann... dann verstehe ich endlich, warum auf den Packungen der meisten Lebensmittel immer irgendwo „Serviervorschlag" draufsteht. Auch auf Joghurtbechern und Kekspackungen, wo man ja meinen sollte, dass man weiß, wie man mit sowas umgeht. Nun, zugegeben: Neulich half mir dieser dezente Hinweis aus einem sich unangenehm ausdehnenden Moment des Zweifelns vor dem Kühlregal.

Beim Kauf von Hähnchenbrustfilet stutzte ich ob der Abbildung auf der Packung: Dort war eindeutig ein Hühnerbein zu sehen. Ich schaute nochmal genauer durch die sich ans Fleisch schmiegende Folie, entdeckte aber weder die typische Wölbung einer strammen Hühnerkeule noch den dazugehörigen rausguckenden Knochengnubbel. Auf dem Bild lag ein solches Ding aber hübsch-appetitlich gebraten auf einem Teller. Daneben noch andere gebratene Klumpen, über die ich nicht weiter nachdenken wollte. Erst der Hinweis „Serviervorschlag" brachte mich auf den Gedanken, dass es sich wohl bei den gebratenen Klumpen neben dem Bein um ein Filet wie das aus der Packung handeln musste und bei der Keule lediglich um schmückendes Beiwerk.

Dennoch war ich über den Bezahlvorgang hinaus stark am Grübeln, ob das Filet wohl nur in Gesellschaft eines Beins so richtig schmecken würde und ich eins hätte dazukaufen müssen. Ich hatte an der Kühltheke auch nicht nachgeguckt, ob die bildliche Inszenierung der Hühnerbeine wiederum ein Filet als Protagonisten und eine verschrumpelte Keule als Beiwerk beinhaltete. Meine kulinarischen Wochenendträume jedenfalls waren irgendwie lädiert. Das Filet wanderte folgerichtig erstmal ins heimische Tiefkühlfach und ich – ging ins Restaurant.

Tür zu, ich doof

Manchmal ist man einfach nur doof. Ich habe mich dabei ertappt, wie ich ein Opfer dieser viralen, aus Technik- und Automatikvertrauen resultierenden Bequemlichkeit wurde. Da will ich doch in das Geschäft gehen, wo es unnütze, aber schöne Dinge gibt, habe die herrliche Warenwelt durch die gläserne Tür schon vor Augen und fühle sie zum Greifen nah, aber – die Tür geht nicht auf. Geht einfach nicht auf. Kurz bevor ich mich empöre, stelle ich fest: Kann sie ja auch nicht, jedenfalls nicht von allein. Hat nämlich einen Griff und ein Schild, wo draufsteht „Ziehen". Unglaublich eigentlich: Eine Tür zum Anfassen und Selberaufmachen. Eine mit so etwas ähnlichem wie einer Klinke dran. Eine, die bei Annäherung nicht wie von Zauberhand surrend den Weg freimacht und dem Konsumenten ein Willkommen zuzuwispern scheint (dabei aber meint: „Komm herein und kauf recht fein").

Nein, es gibt noch Türen, die einem stoisch zubleibend klarmachen: Einkaufen ist kein Leichtes. Erst recht nicht, wenn man mit sperrigen Dingen unter den Armen und in den Händen das Geschäft wieder verlassen möchte. Und plötzlich wieder vor dieser sturen Tür steht. Und sie geht und geht nicht auf. Aber sie kann ja nichts dafür. Sie ist doch einfach nur eine ganz normale Tür.

Überleben mit Anleitung

Um die Menschheit ist es nicht gut bestellt. Eines Tages werden wir ohne genaue Handlungsanleitung nicht mehr überlebensfähig sein. Sie schleicht sich langsam ein, diese Unfähigkeit, sich durch Betrachten eines Dinges, durch kurzes Nachdenken und regelmäßiges Handhaben in die Lage zu versetzen, diesen Gegenstand zu gebrauchen. Vielleicht verblöden wir ja tatsächlich viel rasanter als gedacht – es soll ja schon Klagen wegen der Heißheit eines heißen Kaffees gegeben haben.

In Sachen Verpackungsbewältigung haben wir offenbar *auch* Schulungsbedarf. Nehmen wir zum Beispiel eine Tafel Schokolade. Bis vor einigen Jahren war es noch so, dass man dem Konsumenten durchaus zutraute, eine solche ganz eigenständig zu öffnen. Ob in Folie eingewickelt oder eingeschweißt, ob in einer Pappverpackung mit eingeknickter Faltlasche – irgendwie haben wir das hin- bzw. aufgekriegt. Jetzt aber kriegen wir das offenbar nicht mehr hin. Keine Tafel, auf der nicht an irgendeiner Ecke oder Falte der Hinweis „Hier öffnen“ stünde oder wo sich eine wiederum ziemlich komplizierte Zeichnung als Handlungsanleitung befände. Ich frage mich, ob derjenige, der so eine meistens aus mehreren Episoden bestehende Zeichnung kapiert, nicht auch imstande wäre, die Verpackung einfach so aufzukriegen.

Genauso ist es beim Klopapier. Ich mache das eigentlich immer so: Finger in die Folie pieken, wo grad ein Klorollenloch ist, und aufreißen. Schwierig finde ich das nicht. Die Hersteller befürchten aber, ich könnte dabei in Zeitverzug geraten oder mich schlimm verletzen. Deshalb gibt es neuerdings einen roten Eckaufdruck: „Jetzt noch leichter zu öffnen." Aber bevor ich mich dem Studium dessen gewidmet habe, worin dieses „*Noch* leichter" besteht, habe ich die Tüte doch längst aufgerupft.

Ich warte nun auf den Tag, an dem sich Hände und Finger der Menschen zurückbilden und sich einstmals handwerkliche Tätigkeiten und Handgriffe, die eine nur geringfügige Fingerfertigkeit erfordern, erübrigen. Wir sagen dann zur Tafel Schokolade und zum Klopapier einfach nur noch: Auf! Zu!

Und zu Texten wie diesen: Vorlesen!

Evolution

Die stille Genugtuung des Hinterwäldlers, der die Trends duldsam an sich vorbeirauschen lässt, entfaltet sich dann zu voller Pracht, wenn die Trendigen die Sinnlosigkeit ihres technischen Beschäftigtwerdens erkennen und plötzlich ganz heroisch aufs Smartphone verzichten. Wenn der derart Erleuchtete dann auch noch einigermaßen prominent ist, ist das sogar eine Nachricht wert. Er setzt dann nämlich einen neuen Trend! Dem Hinterwäldler, der ja von vornherein auf den Interimstrend verzichtete und also die ganze Zeit schon total in war, bleibt in solchen Momenten nur, milde den Kopf zu schütteln und sich darüber zu wundern, wie sich der einstmals aufgeklärte, mündige Mensch von digitalen Spielereien freiwillig kulturtechnisch entfähigen lässt und das wiederum als Fortschritt glorifiziert.

Das Wundern setzt sich fort: Wenn man sich so die Meisen anguckt, wie sie sich artistisch an die Sonnenblume im Beet klammern und geschickt kopfüber die Kerne aus dem Blütenkorb picken, gerät man schon ins Grübeln, ob es ein Zeichen von Höherentwicklung ist, wenn der Aufrechtgehende trantütig durch sich selbst öffnende Türen schlurft, um dann dumpfdösig abgepacktes Essen aus Regalen zu ziehen, welchselbiges er später durch Knopfdrückerei auf verzehr-angenehme Temperatur bringt. Betrachtet man dann noch die facettenreiche Farbenpracht des Gefieders der Vögel, tut sich gleichzeitig die Frage auf, ob es wirklich von evolutionärem Vorteil ist, wenn man nur noch zwischen Rosa und Hellblau unterscheiden kann.

Verlockendes Angebot

Manchmal bekomme ich elektronisch versandte Post von meinem Handy-Anbieter. Da es sich erfahrungsgemäß in der Regel nicht um nette Urlaubsgrüße oder Einladungen zum Kaffeetrinken handelt, sondern um irgendwas, was sie loswerden wollen, weil ich ein so treuer Kunde usw. blablabla ..., lösche ich diese Kurznachrichten also immer ungelesen. Eigentlich. Neulich jedoch war ich gut gelaunt und hatte Muße und war einfach mal gespannt, was sie mir denn so mitzuteilen haben. Und siehe da: Haben sie mich doch wirklich neugierig gemacht! Aber das Ganze ist nicht unproblematisch.

Also, es geht um eine Flatrate, klar, geht es ja meistens. Aber das, was sie da jetzt anbieten, ist wirklich außergewöhnlich. Und zwar kann ich mit einem technischen Zusatzdings mit dem klangvollen Namen „Musik Flat MTV Music powered by Rhapsody" sage und schreibe 20 Millionen, ich wiederhole: 20 MILLIONEN! Songs immer dabei haben. An das „Immer dabei" würde ich mich schon irgendwie gewöhnen können, man kann sie ja auch mal stumm stellen. Nur gibt es, wie gesagt, noch ein ganz anderes Problem.

Ich hab das mal eben durchgerechnet. Nehmen wir mal an, ich würde zehn Lieder am Tag hören, also so viele, wie durchschnittlich auf einer CD drauf sind. Zehn Lieder am Tag bei 20 Millionen Songs macht 2 Millionen Tage, die ich für dieses Musikvergnügen zur Verfügung hätte. Das ergibt dann geteilt durch 365 Tage die stolze Zahl von 5479,45 Jahren. Fünftausend-vierhundert-neunundsiebzig-Komma-vierfünf Jahre! Ich glaube, so alt werden nicht mal Galapagos-Riesenschildkröten. Und ob die sich 20 Millionen Songs anhöen wollten, weiß man auch nicht so genau.

Aber selbst wenn ich Zugeständnisse machen würde und meinetwegen statt zehn eben 20 Lieder pro Tag hörte, bräuchte ich immer noch 2739,73 Jahre dafür.

Ich weiß nicht, wie sich das mein Handy-Anbieter gedacht hat. Deswegen zögere ich noch, auf das Angebot einzugehen. Mal ganz abgesehen von der Frage, ob es überhaupt so viele Lieder gibt? Oder ist das mit den 20 Millionen vielleicht eventuell so ein ganz klitzekleines bisschen geflunkert?

Ach ja, sollte es diesbezüglich mit dem Antrag auf Lebenszeitverlängerung wundersamerweise irgendwie klappen, stehe ich dennoch vor einem Dilemma: Denn zu dem „Musik Flat MTV Music powered by Rhapsody"-Angebot gehören auch gleich noch 100.000 Hörbücher. Wo ich die dann zeitlich noch unterbringen soll, weiß ich nun wirklich nicht.

GRUß AUS DER KÜCHE

Bratbredouille

Zum unabwendbaren Charakteristikum eines Mehrfamilienhauses gehört es, dass immer mal Gerüche durch den Hausflur ziehen. Wenn man Glück hat, sind es angenehme. Aber das sind oft auch die gemeinsten – weil sie einem eine Ahnung davon vermitteln, was dort hinter den Türen alles Schönes gekocht oder gebacken wird. Mal riecht es nach Kuchen, mal nach Suppe, mal nach Gulasch, mal nach *Warte, ich hab's gleich, das riecht nach, nach, nach ... ach, ich komm nicht drauf.* Da man selbst auch gern zum wohlgefallenden Treppenhaus-Odeur beitragen möchte, stellt man sich sogleich an den Herd. Das Problem an dem ganzen Gebrate, Geüberbacke und Geschmurgele ist nur, dass es zwar draußen vor der Tür verführerisch duften mag, drinnen hinter der Tür jedoch rümpft die Herdbenutzerin tags darauf nur die Nase – denn so hatte sie nicht gewettet: dass es nun überall nach Bratklops, Fisch und Schmorgemüse riecht. Zudem scheint sich ein feiner Fett-und-Essensausdünstungsfilm faul aufs Interieur gelegt zu haben.

Was bleibt? Sich an einen Haushaltstipp erinnernd, greift man behende zum Räucherstäbchen und stellt es an zentraler Stelle auf. Wie sich herausstellt, keine gute Idee. Der Meditativqualm vertreibt das penetrant im Raume wabernde Bratbouquet nicht, sondern vermischt sich mit selbigem zu einer ganz fiesen Melange – und macht Kopfschmerzen. Na ja, wenigstens riechen die nicht.

Vom Gemüse überfordert

Es gibt Leute, die ernähren sich ganz von sich aus gesund. Morgens Haferbrei mit Trockenfrüchten, mittags die vegane Irgendwaspfanne, nachmittags einen linksdrehenden Joghurt ohne alles, abends Salat, und zwischendurch Obst und Kräutertee und Gemüseschnitze. Zum Beispiel. Und dann gibt es Leute, die ernähren sich immer dann außerordentlich gesund, wenn sie krank sind. Wenn also ein akuter Immun-Notruf oder die medizinische Rundumbegutachtung die Erkenntnis brachte: Das ein oder andere Vitamin könnte vielleicht nicht schaden ... Dann ist beim Probanden gleich nach der Einsicht auch der Ehrgeiz geweckt und es gibt kein Halten mehr: Die Gemüseabteilung kann sich frischmachen! Blumenkohl, Broccoli – her damit! Rote Bete, na klar, ach, und die gibt es jetzt sogar in Gelb? Probieren wir doch mal. Möhren und Fenchel ... wird gekauft! Kartoffeln, Zwiebeln – reichlich! Und was liegt da noch: Kurkumawurzel, aha, rein in den Korb. Und Ingwer nicht vergessen! So, wenn das mal kein gesunder Einkauf ist. Denkt man sich und schleppt das Grünzeug stolz und beschwingt nach Hause. Und fängt an, sich zu fragen, was man daraus nun wohl so kocht. Schmorgemüse für zwei Wochen? Suppe bis zum Abkaspern? Oder Alles-rein-alles-fein-Gebreites? Die Lust auf die gesunde Kost schwindet rapide. Und geht es einem nicht ohnehin schon wieder viel besser?

Köchin in Gefahr

Selber kochen soll ja gesund sein. Was die möglichst gewissensreine und möglichst unindustrielle Auswahl der Zutaten anbelangt, mag das wohl stimmen. Was aber den Akt des Zubereitens betrifft, habe ich da so meine Zweifel … Oder will man es etwa als gesund bezeichnen, wenn man sich beim Lüpfen des Deckels des Topfes mit dem heiß-blubbernden Gargut so anstellt, als täte man das zum ersten Mal und wüsste nicht, dass dabei Dampf austritt, der fernab jeglichen Wohlempfindens temperiert ist? Und soll es etwa gesund sein, wenn die Klinge des scharfen Messers beim Schnippeln von Gemüse sich kurz, aber effektvoll ins Fingerfleisch vertieft, infolgedessen die Schnipplerin den Küchen-Unhold von hinnen wirft, selbiger dies übelnimmt und mit Klirrpardauz zu Boden fällt, die Werferin sich mit beherztem Sprung zur Seite vor weiteren Schnittverletzungen retten möchte, dabei aber aus den Augen verliert, dass die Fingerwunde bereits fleißig rottropft?

Und ist es denn gesund, sich selber zuckerhaltiges Naschwerk zuzubereiten, nur um beim Prüfen des Backfortschritts durch ungeplanten Heißblechkontakt auch noch eine Verbrennungswunde davonzutragen und schließlich nach der ganzen Plackerei Rückenschmerzen zu konstatieren? Nun, wir halten als Zwischenbilanz fest: Selber kochen kann gesund sein, aber ungefährlich ist es nicht gerade.

Vergurkt

Ich weiß nicht mehr, wie wir darauf kamen, aber neulich ging es im Gespräch mit einem Freund um Gurken. Ich glaube, weil er davon erzählte, sie kürzlich in einem Getränk angetroffen zu haben. Kann sein, dass das Getränk ein wenig zu viel Geistreiches enthielt – immerhin war dieser Umstand aber letztlich dazu angetan, ein geistreiches Gespräch über grünes Gemüse zu führen. Und da fängt die Seltsamkeit schon an: Warum sagen wir eigentlich „grüne Gurke" zur Gurke, wenn wir die Salatgurke meinen? Sind nicht alle Gurken irgendwie, naja, grün? Andererseits: Warum nennen wir die langen Exemplare eigentlich Salatgurke? Denn was soll ich am Gemüsestand sagen, wenn ich eine solche Gurke möchte, aber keinen Salat daraus machen? Darüber nachsinnend, gerieten wir

auch zur Spezies der Gewürzgurken. Die man so natürlich nicht in der Frischgemüseabteilung findet, dort heißen sie ja Einlegegurken. Im Gurkenwortschatz wurden wir dann noch weiter fündig, stießen auf Schmorgurke, Senfgurke und sogar Minigurke. Sowie auch, fern jeglicher Schimpfwortambitionen, auf die Landgurke.

Die „grüne Gurke" ließ mich dennoch nicht los, ich wollte die Verwirrung aber nicht dadurch potenzieren, dass ich noch mit anstudiertem Klugscheißerwissen prahlte: Im Chinesischen heißt die Salatgrünegurke nämlich: gelbe Melone! Aber das ist dann Gesprächsstoff für ein andermal.

Obstinenz

Zu Obst halte ich respektvoll Abstand. Es ist mir suspekt. Es riecht streng und erheischt durch gefahrverheißende Farben und verdächtige Formen Aufmerksamkeit. Dem Geschmack von Obst konnte ich schon als Kind nichts abgewinnen, nicht mal anfassen mochte ich es, die drohende Rot- und Lila-Färbung der Finger war mir ein Graus. Beim zwangskollektiven familiären Heidelbeerpflücken stellte sich darum schnell heraus, dass ich für Mengen-Erfolge nicht geeignet war: Während sich bei den anderen Familienmitgliedern die Eimer und Becher im Nu füllten, kullerten in meinem Sammelgefäß ein paar einsame Beeren gelangweilt umher. Schließlich fasste ich ja auch jede einzelne nur mit spitzen Fingern an – und das dauert dann eben.

An diesem Unbehagen hat sich bis heute nicht viel geändert. Auch wenn ich nicht mehr pflücken muss, lassen sich Begegnungen mit Obst nicht vermeiden. Obst *an sich* ist schon schlimm genug, aber in Form von Marmelade, Mus oder sonstigem Mansch ist es mir noch unverständlicher. Am allerschlimmsten ist Obstsalat – noch vor Fruchtduftshampoo.

Manchmal aber, da esse ich einen Apfel. Nicht weil ich Appetit drauf hätte, sondern eher so aus Vernunft und statistischen Erwägungen im Sinne von „Ah, schon wieder drei Tage ohne Obstvitamine rum“ ... Ich packe mir dann also einen Apfel ein und nehme ihn mit zur Arbeit, um ihn als gesunden Nachtisch zu essen. Blöd ist nur, wenn dann noch Schokolade in der Vorratsschublade im Schreibtisch da ist. Die taugt als Nachtisch natürlich viel besser. Und passt ja auch besser zum Tee, den ich zur Nachtischschokolade gern trinke. Tja, den Apfel nehme ich dann wieder mit nach Hause, vielleicht esse ich ihn ja morgen gleich zum Frühstück, dann hab ich's hinter mir. Aber so ein Apfel, stelle ich dann am nächsten Morgen fest, passt ja auch nicht wirklich zum Frühstückskaffee. Da nehme ich ihn doch lieber mit zur Arbeit, wo ich ihn als gesunden Nachtisch ...

Irgendwann dann, eines Tages, ist es soweit und ich beiße in den Apfel. Ich freue mich sogar fast ein bisschen drauf. Doch schon das Zermalmen des ersten Abbisses fällt mir schwer. Die mehlig-süße, faserig-pampige Masse bringt die in den Startlöchern stehende Endorphin-Produktion abrupt zum Stillstand. *Das* also soll gesund sein? Und überhaupt, als ich den Apfel vor zwei Wochen gekauft habe, schien er doch ein knackig-saftiges Kau-Erlebnis zu verheißen ... Naja, ich weiß schon, warum ich kein Obst esse.

1 Messerspitze Wissenschaft

Kochen ist einfach. Man denkt sich ein paar Dinge aus, die zusammenpassen könnten, rührt und brät sie in Topf oder Pfanne zu einem schmackhaften Gesamtwerk, kann zwischendurch gucken und kosten, neu überlegen, nach Belieben mit „Hiervon ein bisschen“ ergänzen und mit „Davon ein bisschen“ vollenden, kurzum: Man hat das Ganze von Anfang bis Ende unter Kontrolle. Backwerk hingegen ist eine Wissenschaft für sich. Da kommt es auf jedes Gramm an bei Mehl, Fett, Zucker, Ei, und wehe, man hat sich vertan – ist das Teigkonglomerat erst mal in der brütenden Hitze, bleibt nur noch die Hoffnung, dass es am Ende hält und schmeckt. Zwischendurch kosten wäre gefährlich und unerfreulich zugleich. Backen also ist für jemanden, der lieber nach Gefühl und Eingebung kocht, wie eine angsteinflößende Prüfungsaufgabe. Wie spitz muss das Messer für „1 Messerspitze Backpulver“ sein und vor allem: Ab wo auf des Messers Schneide ist die Spitze nicht mehr Spitze? Und wie groß genau sind Walnüsse, deren Volumen als Hilfsmaß für das Formen der Keksteigkügelchen angegeben ward? Angesichts der Klebrigkeit der Teigmasse schwindet die Ambition, aparte Miniaturkekse zu formen, zusehends und am Ende muss man sich nicht wundern, wenn man statt walnussgroßer Plätzchen monströse Knusperflatschen auf dem Blech vorfindet.

Geschichte aus der Mäkelei

Es gibt in Essensdingen außergewöhnlich skeptische Menschen, die bei jeder Bestellung im Restaurant eine Viertelstunde extra brauchen, weil sie wissen wollen, ob das oder das da drin ist, wie man sich das und das vorzustellen hat und ob man nicht statt diesem da lieber das andere dazuhaben könnte, aber bitte ohne jenes …? Während die mit am Tisch Sitzenden schon genervt mit den Augen rollen oder funkelnde Blitze zum Mäkelfritzen aussenden, wird zwischen ebendiesem und der Bedienung fleißig weiterverhandelt, werden ganze Gerichte über den Haufen ge- und komplett neu entworfen. Ich weiß nicht, wie das ist, wenn man mit so einem Mäkelpott essen gehen muss. Aber den zarten Schnittlauch statt des mir suspekten Pfirsich-Apfel-Gehäcksels in der Vanillesoße fand ich neulich einen genialen Einfall des Küchenpersonals, nachdem ich um Fernhaltung jeglichen Obstes aus der näheren Umgebung meines Desserts gebeten hatte.

Tee-Meditation

Entspannung, Meditation, Selbstfindung ... Das alles kann man sicher ganz hervorragend in Spezialkursen unter fachkundiger Anleitung lernen. Man kann sich aber auch einfach mal einen Tee machen. Ein solches Kurzseminar könnte heißen: „Die heilsam-entspannende Wirkung der individuellen Tee-Zubereitung unter besonderer Berücksichtigung kontemplativer Betrachtung physikalischer Effekte". Und das geht so:

Man stelle sich die, notwendigerweise gläserne, Kanne so zurecht, dass eine Begegnung auf Augenhöhe bequem möglich ist. Fortgeschrittene können das Gefäß selbstverständlich auch absichtlich umständlich-unerreichbar positionieren und auf diese Weise Yoga-Elemente in die Selbstlerneinheit einbauen. Nach dem Befüllen des

Anschauungsobjektes mit heißem Wasser, welches auf möglichst nicht zu kleine im Sieb oder Netz versammelte Teebrösel gegeben wird, darf man den richtigen Moment der beginnenden Kontemplation nicht verpassen.

Das hört sich nach Stress an, man wird aber schnell durch den einsetzenden meditativen Effekt belohnt, welcher hervorgerufen wird von den sich nun strudelnd-schwebend verteilenden Teeschlieren in der sich zunehmend angenehm melancholisch verdunkelnden Flüssigkeit. Den Blick derart in die einsetzende farbliche und stoffliche Vermischung versenkt, wird man alsbald nicht nur merken, dass man gerade total am Abschalten ist, sondern – wie man da so, mit halbem Hintern auf der Tischkante sitzend und die Ellbogen auf die gegenüberliegende Anrichte gestützt, auf die Teekanne starrt – auch reichlich dämlich aussehen muss.

Küchenwaage an Hawking

Die Sinnhaftigkeit technischer Geräte über ihren eigentlichen Bestimmungszweck hinaus erweist sich erst in ihrer praktischen Verwendung. Während der Toaster auch als fabelhafter Kalte-Hände-Auftauer taugt und man dabei sogar das Angenehme (warmes Brot) mit dem Angenehmen (warme Hände) verbinden kann, fragt man sich zum Beispiel beim Rührgerät, was es eigentlich sonst noch so kann – außer rühren und Teigpartikel an die Wand werfen. Die meisten Geräte sind so hochspezialisiert wie störungsanfällig (also eigentlich ganz menschlich). Dies bewies mir jüngst meine elektronische Küchenwaage. Sie ist so eine Art riesiges Smartphone, mit dem man nur nicht telefonieren und ins Internet kann, aber eben drauf rumwischen und rumdrücken, um zwischen den verschiedensten Gewichts- und Volumeneinheiten zu wechseln. Allerdings gibt es neben dem An-Aus-Symbol nur ein weiteres für alles andere. Wie genau man das bedient, habe ich noch nicht herausgefunden.

Jedenfalls wollte ich die Waage neulich einfach nur mal sauberwischen, aktivierte dabei aber ungewollt alle möglichen Funktionen. Am Ende stand auf der Anzeige etwas Seltsames: eine in Pfund und Unze gemessene Minus-Nullzeit. Schade, dass man Stephen Hawking dazu nicht mehr befragen kann.

VERREIST & VERIRRT

Bahnlektüre

Ist es eine gute Idee, beim Bahnfahren ein Buch zu lesen, das einen mit allen möglichen schlimmen, kuriosen, verflixten, nervtötenden Situationen und Geschehnissen vertraut macht, die einem beim Bahnfahren so passieren können? Also zum Beispiel mehrfach reservierte Sitzplätze, nicht funktionierende Toiletten, ausgefallene Klimaanlagen, verpasste Anschlüsse oder gleich gar nicht gefahrene Züge? Doch, irgendwie ist es sogar eine sehr gute Idee, sich solch eine Gebrauchsanweisung während der Bahnfahrt zu Gemüte zu führen – denn wundersamerweise weckt das nicht nur Verständnis, wenn dann die Toilette tatsächlich nicht funktioniert und der übervolle Waggon mit Laut-Telefonierern, Kindergeschrei und Hobby-Schwätzern in der nächsten Sitzreihe aufwartet, sondern weckt auch die Abenteuerlust: die Neugier auf alles, was noch so passieren könnte – und das heimliche Begehr, genau das erlebt zu haben, dabei gewesen zu sein, am Ende über Missgeschicke und Ungemach berichten zu können. Naja, aber irgendwie ist man dann ja doch froh, wenn alles einfach nur klappt. Und das soll ja vorkommen. Steht sogar in dem Buch.

Die Verwanderung

Der Menschenalltag ist oft wenig erbaulich. Dieses ewige: Müll runterbringen, Wäsche machen, ins Büro gehen, unsinnige Dinge tun, Amtsschreiben abheften, anstrengende Mitmenschen aushalten ... Da braucht man ab und an mal eine Aufheiterung, eine Belohnung für all die Mühsal. Und geht als Freundin aktiver Eigenfortbewegung in schöner Landschaft wandern. Am pittoresken Ausgangsort werden zeitig am Tag die Wanderschuhe geschnürt, wird der Rucksack mit Proviant, Regenjacke, Erste-Hilfe-Set und Wanderkarte vollgestopft und schon kann's losgehen.

Die Bäume sind wie vorgesehen schön grün, das Wetter wie vorhergesagt prächtig, der Fluss zu Füßen der beherzten Alleinwanderin rauscht und gurgelt und gluckert fleißig vor sich hin, so, wie es sein soll – kurz, die Stimmung ist beschwingt, Körper und Kopf entspannen sich aufs Beste und so latscht und latscht und latscht man vor sich hin, denkt mal dieses und mal jenes, schweift dann wieder ab, guckt Landschaft, trottet und latscht auf den geplanten Wegen und denkt sich, während man so wie nebenbei den Sonnenstand wahrnimmt: *Irgendwas stimmt doch jetzt mit der Richtung nicht. Oder? Hm, naja, ach ...* Das denkt man nur ganz kurz und beinahe unbemerkt, trottet und latscht weiter, geht an Wegweisern vorbei, die man interessiert liest, und im festen Glauben, das gelesen zu haben, was man laut Wanderplanung lesen wollte, steht man wenig später – ja, steht man plötzlich an einem Abzweig. Der da nicht sein sollte.

Da stößt nun die Blauer-Punkt-Wanderin also auf diesen Weg, der links und rechts nur als rotes Quadrat weiterführt. *Aber das kann doch nicht sein. Hä?,* denkt man sich und zückt ungläubig Wanderbuch und Wanderkarte. Dreht beides in der Horizontalen um alle möglichen Gradzahlen, schaut, vergleicht, dreht, guckt, ermahnt sich selbst, fragt nichtvorhandene Mitwanderer – aber wird nicht schlau aus der Situation. Trottet und latscht man also zurück zur letzten Weggabelung, von der man meinte, sie wäre eine ganz bestimmte auf der Wanderkarte, was ja aber so ganz objektiv betrachtet nicht hinhauen kann, weil da ja dann noch zwei weitere Wege abgehen müssten. Tun sie aber nicht. Aber das ignoriert man natürlich als kühne Alleinwanderin, die sich grad verlaufen hat, und latscht unerschrocken einem zugewucherten Waldstück mit Grünes-Dreieck-Markierung entgegen.

Eine Stunde später gerät man alsdenn erneut ins Zweifeln, hält einen Bach rechterhand für einen Bach auf der Karte, der eigentlich linkerhand fließen müsste, wäre man da, wo man glaubt zu sein. Und so geht das noch eine Weile, der Mut schwindet, die Kräfte sowieso, die Lust am Wandern wurde längst irgendwo frustriert ins Gebüsch gepfeffert und man will einfach nur noch ANKOMMEN! Was dann auch irgendwann klappt. Aber für den unbeschreiblichen Schmerz in Beinen und Füßen hätte man jetzt gern ein Synonymwörterbuch dabei, um ihn trosteshalber eben doch zu beschreiben.

Später, zu Hause, wenn aus Verirr-Panik und Wanderschmerz allmählich nostalgischer Abenteuerer-Stolz geworden ist, erzählt man dem einen oder anderen ganz aufgeregt diese Anekdote von dem wundertollen Ich-habe-mich-im-Wald-verlaufen-Erlebnis und bekommt den aparten Hinweis: *Haste kein GPS?* Oder: *Na, nimm doch nächstes Mal einfach ein Navi mit.*

Man sieht: Es gibt Leute, die begreifen einfach gar nichts. Und die können vermutlich noch nicht mal den Müll runterbringen, ohne sich zu verlaufen.

Grüngelaunt

So ein Radausflug mit Unterwegspicknick in Flussnähe ist schon was Feines. Denkt man sich vor dem Losfahren. Nach reichlich Gekämpfe gegen Ostwind kommen erste Zweifel auf, aber man selbst schließlich irgendwann an am geplanten Abzweigsort. Feststellend, dass der Weg gen Norden wegen Deichbauerei noch gar nicht wieder da ist, ändert man die Richtung, um einige Kilometer später festzustellen, dass sich auch die südliche Flussroute in Bau befindet. Auf Umleitung durch schnöde Feldlandschaft hat man keine Lust, also kehrt man wieder um, um schon reichlich entkräftet und entmutigt die Heimfahrt auf vertrauten Wegen anzutreten. Aber erst muss noch das Picknick sein! Die bekannte Rastbank unterm schattigen Baum herbeisehnend, strampelt man also noch weitere Kilometer durch die hitzige Mittagsstunde und stellt fest: Die Bank ist weg. Und der Wiesenbewuchs in Nachbarschaft der Leerstelle kniehoch. Picknick im Stehen? Auch schön. Denkt man sich und wedelt die herbeigeschwirrten Käfer von Arm und Bein. Und der Ausblick ist doch auch passabel. Denkt man sich und wischt die Fliege von der Brille. Und der mitgenommene Imbiss entschädigt doch für alle Mühen und Plackerei. Denkt man sich und schnipst die aus dem Baum gefallene träge Raupe von der Schnitte, aus der dabei leider der Belag herausfällt. Ja, so ein Ausflug ins Grüne ist schon toll. Denkt man sich. Und fährt irgendwie missgestimmt einfach nur nach Hause.

Fuchs und Hase

Wie genau geht das eigentlich vor sich, wenn sich Fuchs und Hase gute Nacht sagen? Erstaunlich finde ich ja, dass ausgerechnet diese beiden sich noch mal sehen wollen, bevor sie sich aufs Ohr legen. Warum nicht Hase und Reh? Oder Fuchs und Waschbär? Dass Fuchs und Feldmaus sich meiden, ist zumindest aus Sicht der Feldmaus durchaus nachvollziehbar ... Na, egal. Offenbar haben Fuchs und Hase dieselbe Schlafenszeit und laufen sich auf ihrem Gang zur Schlummerstätte noch mal übern Weg oder verabreden sich explizit zu diesem Tête-à-tête im Dämmerlicht. Und dann? Sagen sie einfach „Gute Nacht, Hase!" – „Gute Nacht, Fuchs!" oder wird noch eine schöne Fabel vorgelesen, gibt's eine Revierbesprechung für den nächsten Tag? Geben sie sich dann ganz höflich noch die Pfote oder halten sie's jugendlich frisch mit Fingerhakeln und Rippenboxen?

Wie auch immer – wenn man mal im ländlichen Abend mit dem Rad eben da unterwegs ist, wo sich angeblich Fuchs und Hase gute Nacht sagen, gerät man doch arg ins Stutzen, wenn da plötzlich im zarten Frühlingsgrün des Feldrains ein Fuchs liegt. Ja: liegt. Wäre es an dieser Stelle ein sprachlich schiefes Bild, wenn man sagte: mausetot? Leicht erschüttert ob dieses unschönen Fundes radelt man zurück zum festen Weg und sieht – einen Hasen übers Feld hoppeln! Der wird doch wohl nicht ... Hat der das etwa mit dem Gute-Nacht-Sagen so dermaßen falsch verstanden? Und: Muss man das melden? Gilt diese Beobachtung als sachdienlicher Hinweis?

Praktisches Reiseübel

Manche unglaubliche Geschichte nimmt ihren Anfang ganz unspektakulär am heimischen Herd. Zum Beispiel diese:

Nehme ich, in der Absicht, es zum Zwecke einer Mahlzeit zuzubereiten, Fischfilet zur Hand, finde ich es äußerst beruhigend zu lesen, es sei „praktisch grätenfrei". Ich rede mir jedenfalls immer ein, mit dieser einprägsamen Formel sei der dem Fischesser vor Begeisterung entschlüpfende Ausruf „Oh, wie praktisch: grätenfrei!" gemeint.

Genauso beruhigend finde ich die jüngst lesenderweise gewonnene Erkenntnis, dass auf Schiffen aufkommende Reiseübelkeit meist nach drei Tagen wieder verschwindet. Auch dies sehr praktisch, wenn die Großwasser-Fährüberfahrt genau drei Tage dauert. Denn dann geht es nahtlos weiter: Kaum an Land, so erfuhr ich, kann sich der Effekt fortsetzen, nur heißt er dann nicht Reise-, sondern Landkrankheit. Wie lange dieser Zustand wiederum andauert, stand nicht dabei. Was insofern nicht weiter tragisch ist, als man sich ein Reiseziel ausgesucht hat, von dem es heißt, dass man dort mangels Absperrungs- und Verbotswahn „noch ungehindert abstürzen kann". So stößt man sich also im Landkrankheit-Übelkeitstaumel wenigstens nicht an irgendwelchen im Weg stehenden Geländern oder Zäunen oder Verbotsschildern. Das alles ist in der Tat äußerst praktisch.

Und das Tier mit großem Appetit, in dessen Revier man dann so ungehindert zu stürzen pflegt, braucht sich wiederum keine Gedanken über Erstickungsgefahr zu machen, denn man hatte ja zuvor das „praktisch grätenfreie" Fischfilet gegessen. Der Eiland-Karnivore also schleckt sich nach getaner Mahlzeit zufrieden-genüsslich das Maul, dankt im Stillen dem Erfinder der Reise- und Landkrankheit und trottet von dannen. Leise lächelnd. Denn den Fähren-Ankunftsplan, den hat er ganz genau im Kopf.

Krempel, Krümel, TÜV-Gefühle

Ein Auto ist ein Auto... und nicht mehr. Ein praktischer Gebrauchsgegenstand, der den Vorteil hat, dass man in ihn hinein große Mengen mehr oder weniger nützlichen Krempels stopfen und selbigen auf recht bequeme Weise durch die Gegend fahren kann. Oder sich selbst. Mal geht's zum Leergut-Wegbringen, mal in den Urlaub, mal zum Möbelkauf, mal zum Geburtstagskaffee. Nun gibt es ja aber Leute, die ihr Fahrzeug als zweites Wohnzimmer betrachten und in Panik geraten, wenn man vergessen hat, die Straßenschuhe vor dem Betreten des rollenden Heiligtums gegen Perserteppich-taugliche Pantoffeln zu tauschen. Und es gibt Leute, die in Schnappatmung verfallen, sobald man Anstalten macht, im Auto die Unterwegsstulle auszupacken. Um Gottes willen, die Krümel! Sicher, eine gewisse Übersichtlichkeit im Wageninneren sollte schon vorherrschen und Fahrer wie Mitfahrer sollten beim Einsteigen nicht vor die Frage gestellt werden: Kann ich da meine Füße draufstellen oder lebt das noch oder schon?

Hingegen finde ich es durchaus sympathisch und gesprächsanregend, zu Zeitgenossen ins Auto zu steigen, die es nicht wie eine kostbare Ming-Vase behandeln, sondern es eher als fahrende Ausstellung betrachten. Da entdeckt der interessierte Karosseriebesucher neben benutzt aussehenden Turnschuhen eine ratzeputz-leere Schnellimbisstüte, weiter hinten einen Badesee- oder Balkonklappstuhl, einen Schirm und des Weiteren irgendwelchen Bauchladen-Klimbim, der auf die Schnelle nicht zu identifizieren ist, aber reichlich Anregung gibt, über das Wesen und die Vorlieben der Chauffeurin nachzudenken.

Nun, bei mir gibt es da nicht viel nachzudenken, die Ausgestaltung des Wageninneren halte ich eher nüchtern-pragmatisch. Deshalb dürfen auch die hartnäckig verweilenden Restbrösel von Unterwegsschnitten und unerlaubt mitgenommenen Gesteins aus interessanten Reisedestinationen weiterhin mitfahren. Was wiederum ja schon fast ein bisschen Gefühlsduselei ist.

Bei der Übergabe zum saisonalen Reifenwechsel fragte der Autohausmann jedenfalls neulich wie immer: „Irgendwelche Wertgegenstände im Auto?" Und ich antwortete wahrheitsgemäß: „Na ja, Staub und Krümel ..." Welches Verhältnis Autohausmenschen zu solcherlei Artefakten haben, entzieht sich meiner Kenntnis, aber ich vermute mal, dass sie nicht in die Kategorie schützenswert fallen. Ganz im Gegensatz zur technischen Ausstattung. Bei Vernachlässigung selbiger jedenfalls kennen Autohausmenschen kein Pardon. So erfuhr ich am selben Tag prompt, dass der TÜV schon seit zwei Monaten abgelaufen war. Den leicht vorwurfsvollen Unterton in dieser Mitteilung habe ich sicher nur hineininterpretiert, fühlte mich dennoch ein bisschen wie eine Rabenmutter. Aber nur kurz – schließlich haben Autos ja keine Mütter ... und sind eben bloß Autos.

Beifahrerkunst

Die Rolle des Beifahrers ist nicht zu unterschätzen. Auch in Zeiten von Navi, Einparkhilfe und elektronischem Fensterheber kann es nicht schaden, eine zweite Person im Auto dabei zu haben. Nicht nur aus Unterhaltungs- und Verpflegungsrüberreich-Gründen. Vielmehr sollte man sich immer dessen gewahr sein, dass Technik ausfallen kann. Was, wenn der Kippschalter für die Fenster-hoch-und-runter-Funktion einfach nicht reagiert? Dann ist der Einsatz des Beifahrers gefragt, der entweder den auf seiner Seite hoffentlich funktionierenden Schalter betätigt oder sich (bei Wahrung des Angeschnalltseins, natürlich) sportlich in den Fond des Wagens streckt, um dort die Fensterkurbel zu betätigen (Ja, solche Autos gibt es noch!). Oder: Was, wenn man keine elektronische Einparkhilfe hat und einem die Länge der Lücke nun wirklich suspekt kurz vorkommt? Tja, muss halt der Beifahrer ran. Oder vielmehr: raus. Und gucken und winken und dirigieren und panisch HALT! REICHT! rufen. Oder: Was, wenn man zwar das Navi dabei hat, aber die Saugnapfhalterung im Auto des Beifahrers klebt, das vor dessen Zuhause parkt. Ja, auch dann ist der Beifahrer von unschätzbarem Wert, indem er das handliche Gerät in zwar nicht bequemer, aber doch gut einzusehender Position dem Fahrer ins Blickfeld hält. Das ist dann nicht nur wahre Beifahrerkunst, sondern höchstmögliche Fahrer-Beifahrer-Harmonie.

Lichtwäsche

Über die Funktionsweise der einzelnen Bedienelemente in meinem Automobil bin ich mir durchaus im Klaren. Das, was mir jedoch neulich passierte, habe ich nicht mal zu meinen schlechtesten Fahrschulzeiten fertiggebracht. Die Scheibe war recht blickundurchlässig, die Feierabendsonne strahlte munter dagegen, was insgesamt zu unbefriedigenden Sichtverhältnissen führte. Ungeachtet der Vertrautheit mit der bevorstehenden Strecke hielt ich es also für angebracht, den Scheibenwaschmodus zu aktivieren. Und zog am Hebel neben dem Lenkrad. Nichts passierte. War der Wischwasserbottich etwa schon wieder leer? Nochmaliges Ziehen am Hebel, etwas kräftiger und länger. Nichts passierte. Die mühsam sich in den zuständigen Gehirnbereich durchkämpfende Erkenntnis sorgte umgehend für beschämtes Unwohlsein: Ich hatte schlicht den Hebel auf der falschen Seite betätigt. Also statt des Wischwassers die Lichthupe aktiviert. Aber dies mit Nachdruck und Ausdauer. Dem vor mir fahrenden Auto wollte ich natürlich eine Entschuldigung für das penetrante Blenden übermitteln – aber wie nur, wie? Beschwichtigende, selbstbezichtigende Gesten und um Verzeihung bittende Winselblicke würden ja nicht gesehen, ein „War nur der falsche Hebel, sorry" würde nicht gehört werden. Bliebe zur Versöhnung eigentlich nur noch die Lichthupe.

Ich entschied mich, einfach den Abstand größer und größer werden zu lassen und mich reumütig zurückfallen zu lassen. Im Rückspiegel nahm ich so etwas wie Lichthupe wahr …

Sehnsucht nach U-Bahn

Gewiss gibt es aufregendere Fernsehabende, als einer U-Bahnlinie durch die halbe Stadt zu folgen. Aber das vertraute Geräusch, das jedes Mal ertönt, wenn die nächste Station angesagt wird, fesselte die Guckerin und ließ sie in Gedanken und ein bisschen auch imaginär-körperlich sofort in dieser Stadt sein. Ein Geräusch, das lautmalerisch irgendwo bei *palüng* liegt und gleich Lust auf einen Ausflug macht. Auf: In die gelbe Bahn setzen, rausgucken, mal ins Tunneldunkel starren, mal ins Hochbahn-Hausfassaden-Flimmern. Und man hat bei diesem Stationsansage-Jingle auch gleich noch ein weiteres Geräusch im Ohr: das Signal, das beim Schließen der Türen ertönt: *nääák ...näk-näk-näk* (U-Bahn) oder *dü-düü-dü* (S-Bahn). Und dann ist da noch dieser typische warme U-Bahn-Geruch aus den Lüftungsschächten, der sich gleich mit einschleicht. Nun ja, mangels großstädtischer ÖPNV-Waggonwürmer in der Nähe setzt sich der Großstadt-sehnsüchtige Kleinstadtmensch ersatzweise eben in ein Café und guckt ein Weilchen ins Novembernieselgrau. Da bewegt man sich zwar nicht von A nach B mit tollen Unterwegs-Augenblicken, und es ist auch nur ein bisschen wie Fernsehen, aber schon fällt einem dieses melancholische Lied von Suzanne Vega ein, wo es ums Aus-dem-Café-Rausgucken geht, um Regen, um das Glockenläuten der Kathedrale, um den zu kriegenden Zug. Ach ja, seufz, der Zug ... oder war‘s vielleicht ‘ne U-Bahn?

Reise-Käse

Manchmal macht man seltsame Dinge. Dinge, die irgendwie nicht zueinander passen. Man fährt in ein Land, das sich seines Käses rühmt (oder gerühmt wird) und nimmt – Käse mit. Nicht aus eigenem Impuls oder gar der Angst heraus, es gäbe in dem von hohen Bergen gesäumten Land nichts zu essen, nein, es geschieht auf Wunsch der dort Besuchten. Die wiederum keine Schweizer sind, sondern Sachsen. Und gern Harzer Käse mögen. Deswegen aber nicht gleich ins mitteldeutsche Mittelgebirge ziehen wollen. Dass die Besucherin – selbst aus dem Harz stammend, aber keineswegs selbigen Käse mögend – auf der Zugfahrt ob des suspekten Schmuggelgutes leichtes Unbehagen überkam, lag weniger an der unbegründeten Angst vor sich durchschnüffelnden Zoll-Bernhardinern, sondern vielmehr am im Koffer vermuteten sich ausbreitenden unangenehmen Odeur.

Doch zurück zu den diskrepanten Dingen. Man hatte auch was zu lesen mitgenommen. Ausgerechnet ein Buch namens „Flucht in den Norden“ – dabei fuhr man doch gen Süden und war nicht auf der Flucht, sondern in den Ferien. War der Titel schließlich schuld, dass das Buch ungelesen wieder mit zurück nach Hause kam? Beim nächsten Urlaub sollte die Lektüre etwas besser gewählt werden. Ich seh‘ mich schon Shackletons eisiges „Südwärts“ einpacken – für die Sommerreise ins westliche Nachbarland. Und wahrscheinlich auch einen Camembert.

Schnauf und schweig

Wandern ist nicht nur latschen, schnaufen, picknicken, sondern auch eine Übung in gesellschaftlichem Umgang. Denn unter Wanderern ist es üblich, sich zu grüßen. Bei Begegnungen während der stramm- oder schlenderschrittigen Fortbewegungsunternehmungen in freier Natur gehört es zum guten Umgang, Entgegenkommende oder zu Überholende mit einem Kopfnicken oder kurzen Gruß höflich zu bedenken. Auf ebenen Strecken und bergab ist dies nachvollziehbarerweise leichter, als wenn es steigungs- und höhenmetermäßig gemeinst hinauf geht. Da gibt man sich auch mal mit einem schweißgetränkten, atemlosen, kaum wahrnehmbaren müden Nicken zufrieden oder einem Blick, der angesichts der heroischen Leistung am Berg um Anerkennung beziehungsweise Mitleid bettelt. Manchmal aber fällt der Gruß auch aus. Weil man sich nämlich zum Beispiel im deutsch-italienisch-sprachigen, an Österreich und die Schweiz grenzenden italienischen Ausland befindet, in dem auch Bayern Urlaub machen – und da ist die Auswahl an Möglichkeiten einfach zu groß: Einfach nur ein schnödes „Hallo"? Oder „Guten Tag"? Oder den Nachbarstaaten Rechnung tragend ein „Grüß Gott", „Grüezi" oder ein lockeres „Servus"? Oder etwas weltläufiger „Buongiorno"? Oder sicherheitshalber einfach nur „Hi"? Dies in Sekundenschnelle zu entscheiden, ist zu viel verlangt. Man muss ja schließlich gleichzeitig noch wandern.

Wanderbrote

Das Schöne an Wanderausflügen ist vor allem eines: die Natur. So wunderbar das Wispern, Rascheln und Rauschen des Blättergrüns an Baum und Strauch, beglückend das Gluckern, Plätschern und stille Fließen des Flüssleins am Wegesrand, und ganz herrlich und befreiend die weiten Blicke über Wiesen, Tal und Hügelketten. Noch schöner an solchen Ausflügen aber ist das Einkehren! Auf halber oder auch schon viertel Strecke lässt man doch ein idyllisch platziertes Waldcafé nicht links liegen, da setzt man sich natürlich hin. Und verplempert aufs Feinste die nach Kartenblick und Tagesfortschritt ohnehin nicht allzu ausgedehnt geplante Ausflugszeit. Schwuppdiwupp sind anderthalb Stunden weggesessen, -gegessen und -geträumt, aber man will ja noch zur Burgruine! Also, gut gestärkt und wohlgenährt auf zur nächsten Etappe. Ach, und auf dem Rückweg könnte man doch gleich noch mal in diese schöne Speisestätte. Schließlich hat man nach dem gewiss anstrengenden Aufstieg (Können die ihre Ritterburgen nicht mal weiter unten gebaut haben???) schon wieder Hunger.

Das nicht so Schöne am Ausflug ist dann allerdings das Abendessen. Das hübsche Drapieren des verschmähten Wanderproviants kann leider nicht über dessen suspekten Aggregatzustand hinwegtäuschen: diese leicht angeschmolzene lauwarme Brot-Butter-Belag-Melange. Zum Waldcafé ist es jetzt aber auch zu weit…

Frau Becker fährt mit

Ob es Liebe ist? Nein, ich glaube nicht. Eher eine pragmatische Beziehung. Aber verlässlich. Irgendwie kann die eine ohne die andere nicht. Mögen wir uns wirklich so richtig? Ich weiß nicht in unserem Zusammensein liegt etwas Unausgesprochenes – jedoch nichts, was dieses... Zusammensein gefährden oder in Frage stellen würde. Vom ersten Augenblick an war klar: Wir wollen es miteinander versuchen.

Aber erst musste ich mich entscheiden: zwischen Anna und Katrin. Ich habe sie parallel kennengelernt. Und wie immer, wenn es um etwas Ernstes, etwas Langandauerndes geht, fiel es nicht leicht, sich zu entscheiden.

Nach einigem Hin und Her war mir klar, dass mir Anna auf Dauer auf die Nerven gehen würde. Sie ist irgendwie so laut, so bestimmerisch. In ihrer Stimme liegt so ein Tonfall, der absolut keinen, aber auch wirklich keinen Widerspruch duldet. Geschweige denn eine andere Meinung, einen leisen Zweifel, ein sachtes "Aber" zulässt. Nein, das wäre mir zu anstrengend.

Gewiss, auch Katrin ist sehr dezidiert, weiß genau, wo's langgeht, hat ihr Ziel klar vor Augen. Aber bei ihr habe ich das Gefühl, dass sie nachsichtiger ist, geduldiger. Und auch mal eigenwillige Entscheidungen meinerseits, Abweichungen vom besprochenen Plan, gelassen hinnimmt und sie dann unmerklich und sanft korrigiert. Sie ist unaufdringlich und hat Manieren, ist bestimmt, aber auch zurückhaltend.

Ich habe mich also für Katrin entscheiden. Komisch, ich nenne sie fast nie beim Vornamen. Sage immer nur

Frau Becker, so wurde sie mir halt vorgestellt. Ha, neulich, da habe ich mich allerdings ertappt, wie ich sie „Hasi“ nannte. Geht eigentlich gar nicht, solche Kosenamen mit vier Pfoten und „i“. Aber im Überschwang unserer gemeinsamen Unternehmung sagte ich „Nee, Hasi, das machen wir jetzt aber mal anders.“ Na ja, sie hat sich nicht beschwert.

Was haben wir schon für tolle Ausflüge zusammen gemacht! Herrlich entspannt. Denn das Gute an Frau Becker ist, dass sie im Gegensatz zu mir total gerne Auto fährt. Sogar Langstrecken können sie nicht aus ihrer gut gelaunten Gleichmut bringen. Sie bewahrt immer einen kühlen Kopf, rastet nicht aus, wird nicht grummelig oder ningelig, ist nie genervt, behält den Überblick. Und ja, mir gefällt auch, dass sie nicht die ganze Zeit plappert. Streckenweise ist sie einfach still. Aber nie abwesend. Und sie ist einfach schlau. Vor allem in Städten beweist sie immer ein enormes Wissen, weiß, wo was ist, kennt die Sehenswürdigkeiten, weiß, wie man hinkommt – als ob sie schon überall gewesen ist. Irre!

Also, ich denke, mit Frau Becker lässt sich‘s gut auskommen und eine Weile aushalten. So ein Navigationsgerät ist schon eine tolle Erfindung.

UNTER BEOBACHTUNG ODER: SELTSAM SIND IMMER NUR DIE ANDEREN

Dr. mis staunt

Als eher misanthropisch veranlagtem Zeitgenossen wird es einem aber auch nicht leicht gemacht, die Menschen insgesamt wohlwollender zu betrachten. Da wird genörgelt, gemeckert, geschimpft, wird gehetzt, gedrängelt, geschubst, wird krakeelt, geschrien, gegrölt, wird ignoriert, verachtet, verlacht. Wie soll man denn da frohen Mutes durchs Leben gehen?!

Indem man, ganz einfach, all die Meckerköppe und Sprachfäkalisten und Blödbommel* verunsichtbart und sich stattdessen an den schönen Begebenheiten manchen Tages erfreut. Und so ist der Menschheitsskeptiker fürwahr erstaunt, wie lebensfroh und nett es zugehen kann: Da hat sich eine junge Mutter samt Kindern und weiterer Gesellschaft auf einer Decke auf dem Grün des innerstädtischen Platzes niedergelassen; da plauschen zwei Herren

in der Fußgängerzone und wünschen sich „Bleib gesund!“; da buntet plötzlich dort, wo lange nur festgetrampelte trockene Erde in einer Beeteinfassung vor sich hin ödete, ein farbenprächtiges Blütenrechteck; da strahlt die Bäckereiverkäuferin ganz glücklich, weil sie soeben von ihrer einstigen Grundschullehrerin wiedererkannt wurde; da steht ein junger Mann auf seinem angelehnten Fahrrad, um vom hohen Strauch Brombeeren zu pflücken und zu naschen.

Nun, ein Tag allein macht einen noch nicht zum Philanthropen – aber das Ganze schon ein bisschen besser.

* *Danke, liebe Sch'tis, für dieses herrlich liebevolle Schimpfwort!*

Die Multi-Mär

So weit sind wir nun also schon: Dass Menschen sich entschuldigen, wenn sie nicht zwei Dinge gleichzeitig tun. „Ich bin nicht so multitasking-fähig", heißt es dann mit nach Verständnis suchendem Blick. „Multitasking-fähig" ... als ob das eine besonders tolle Eigenschaft wäre. Mir ist es lieber, der Mensch, mit dem ich gerade in Kommunikation oder Interaktion trete, konzentriert sich auf das Jetzt und Hier. Und nicht, während wir reden, mit jemand anderem telefoniert. Nicht, während ich einen Vertrag unterschreiben soll, sich einem anderen Kunden zuwendet. Nicht, während ich Brot und Brötchen kaufe, mit der Kollegin tratscht. Nicht, während wir beim Essen sind, Nachrichten auf dem Handy liest und beantwortet.

Zugegeben, auch ich habe schon mal versucht, während des Zähneputzens eine SMS zu schreiben. Ergebnis: Konzentrierte ich mich aufs Tippen, kam die Zahnbürste ins Stocken. Konzentrierte ich mich aufs Zähnebürsten, kam ich mit dem Tippen nicht mehr klar, brauchte ewig für ein Wort. Konsequenz: Erst fertig geputzt, dann in Ruhe getippt. Zähne und Nachrichtenempfängerin dürften sich ob der Würdigung durch angemessene Zeit und Aufmerksamkeit gefreut haben. Und ich mich auch: Keine Zahnpastaflecken auf dem Handy, kein Buchstabenwirrwarr in der Kurzmitteilung und vor allem: ordentlich geputzte Zähne.

Multitasking – das ist übrigens auch eine ganz subjektive Sache. Für mich ist es schon Multitasking, beim Autofahren oder beim Kochen auch noch sinnhafte Gespräche mit Anwesenden zu führen. Oder beim Briefschreiben Musik zu hören. Oder beim Bügeln nachzudenken.

Und letztlich ist das schönste und einzig wahre Multitasking doch dieses: Jemandem verliebt in die Augen zu schauen und dabei zu schweigen. Und zu lächeln. Und zu staunen. Und den Moment zu genießen. Das sind ganz schön viele Dinge auf einmal. Finde ich.

Pausenrauch

Die Zigarettenpause hat es in das Repertoire gängiger und geduldeter Tagesbeschäftigungen geschafft. Da stehen sie dann, die Arbeitsmenschen: vor der Tür, im Hinterhof, auf Treppenabsätzen und Baustellen oder (mangels Ausgangserlaubnis) leicht verrenkt am angekippten Fenster. Verabreichen sich übelriechendes, ungesundes Zeugs, fangen an zu frieren und haben nach kurzer Zeit wieder ein kleines bisschen zertretenen oder still vor sich hin quiemenden Abfall hinterlassen – nun, aus Sicht einer versierten Nichtraucherin eine skurrile Beschäftigung. Aber mal ehrlich, die gemeinschaftliche Zigarettenpause ist auch nicht mehr das, was sie mal war. Wurde früher getratscht und über Fußballergebnisse, Kochexperimente oder Urlaubsziele debattiert, herrscht heute großes

Schweigen. Wenigstens könnte man sich doch übers Rauchen unterhalten. Aber nein, alle abgestumpft und desinteressiert. Zum Glück gibt es ja das Smartphone! Das technikbasierte Starren füllt diese entsetzliche Leere, die sich durch die Zigarettenpause auftat.

Von mir aus soll es diese lustige Pause ruhig weiterhin geben, aber dann möchte unsereins sich nicht rechtfertigen müssen, wenn man ohne Rauchwerk vor die Tür geht und sich einfach nur mal die Sonne ins Gesicht scheinen lässt. Oder in die Luft guckt. Es muss halt nur noch ein griffiger Name dafür her. Oder man sagt einfach: Ich gehe mal kurz eine nichtrauchen.

Die Dänin bleibt Single

Mal ehrlich: Auch wer es gerade nicht nötig hat, liest doch gern diese kleinen lustigen Texte in Zeitungen und Zeitschriften, die immer ganz hinten oder in der Beilage stehen. Diese Rubriken, wo man gegen Bezahlung erstens veröffentlicht wird und zweitens ein bisschen schummeln darf, wenn man jemanden kennenlernen möchte. Gern auch mit Rechtschreib- und Kommafehlern – so viel Ehrlichkeit muss sein.

Nun, mal abgesehen von den etwas schnöden Körper- und Alters- sowie fragwürdigen Wesensbeschreibungen à la „schlank, gutaussehend, jung(geblieben), sportlich, aktiv, vielseitig interessiert, romantisch", die in den preislich günstigeren Publikationen zu finden sind, geht es selbst in den niveauvolleren Blättern kaum einfallsreicher zu.

Da sucht eine „schicke Dänin", die jetzt ein Übersetzungsbüro für, natürlich, *renommierte* Verlage, leitet und natürlich mal Mannequin war, einen „gescheiten" Mann, der sich nicht *nur* für ihre äußerlichen Reize interessiert. Selbige preist sie dennoch recht unverhohlen an. Aber darum geht es ihr im Grunde ihres Herzens ja gar nicht, ganz höchstvermutlich soll er ihr wohl beim Übersetzen helfen.

Oder: Eine „bildhüb. Notärztin" (Haarfarbe? Klar: blond, und ja, sie hat zufälligerweise auch eine „tolle Figur") sucht da einen soliden Partner. Wie jetzt: solide? Für Erste-Hilfe-Übungen oder was? Und warum hat es beim „bildhüb." nicht mehr fürs „sch" gereicht? War sie grad aufm Sprung zum Noteinsatz?

Und dann ist da ja auch immer noch eine Witwe dabei. Die ist in unserem rein zufällig ausgewählten Beispiel trotz ihrer Mitte 60 auf jeden Fall „attraktiv, jugendlich, sportlich-elegant". Sie verfügt selbstredend über „Niveau, Herz & Verstand". Und was wünscht die Dame sich? Einen „zuverlässigen, gebildeten", Achtung, jetzt kommt's, in Klammern: („z.B. Akad."), sucht sie also einen „gut situierten und etwas sportlichen Lebenspartner". *Etwas* sportlich? Damit sie immer schön behaupten kann, *sie* sei die Sportlichere von beiden? Ach ja, seine Frau kann ruhig auch schon tot sein, teilt sie in gewählterer Wortkunst noch mit.

Also, man sieht, Kontaktanzeigen sind ganz, ganz großer Mist. Das stimmt doch alles hinten und vorne nicht. Wäre man wirklich ehrlich, dann würden in einer Kontaktanzeige – mal abgesehen von körperlichen, intellektuellen sowie Alltagstätigkeiten- und Motivationsdefiziten – doch eher ganz andere Dinge stehen. Unromantische, schonungslos offene und der Übersichtlichkeit halber durchnummerierte Dinge wie:

1. Liebesschlösser find ich total daneben. Warum denn, bitte schön, soll ich unser Zusammensein als langsam dahinkorrodierendes Kellertürenschloss metaphorisieren, diese Metapher an einem Brückengeländer angekettet Wind und Wetter aussetzen, um dann von allen Vorbeigehenden angegafft zu werden? Nein, danke!

2. Nenn mich nie, aber auch NIEMALS: „Hase", „Schatz" oder „Maus". Ein i hinten dran macht es auch nicht besser. Wenn es schon ein Schnuddelduddel-ich-hab-dich-ja-soo-lieb-Kosename sein muss, dann doch

bitte einer mit Gehirnschmalz und nicht aus irgendeiner Hier-können-sich-alle-bedienen-heute-günstig-Grabbelkiste. Niemals nicht möchte ich weder zu Hause noch in der Öffentlichkeit gemeint sein, wenn jemand „Schaahaaaatz?!" ruft.

3. Ich möchte mir nicht aus lauter Pseudo-Romantik und Uns-kann-nichts-trennen-Verklärtheit *eine* Bettdecke teilen. Nein. Ich will mich ganz nach Gutdünken selbstständig und selbstgewählt im Federtextil einwickeln und verheddern oder es bei Bedarf von mir werfen, ohne jemandes Schlaf zu beeinträchtigen oder selbst durch solcherlei Aktivitäten in der anderen Betthälfte gestört zu werden.

4. Nenn es verklemmt oder spießig, aber ich möchte, ohne nach Gründen gefragt oder schief angeguckt zu werden, einfach die Badtür hinter mir zumachen, wenn ich selbiges betrete, um dort welche geflieste, emaillierte oder Keramik-geformte Einrichtung auch immer zu benutzen. Allein! Das geht niemanden etwas an. Und ich möchte nicht, dass man mir dabei zuschaut oder wir derweil den Einkaufszettel besprechen.

So. Das wär's im Wesentlichen. Und sehen Sie: So kompliziert und vor allem ausführlich wäre das mit einer aufrichtigen Kontaktanzeige. Und bei so viel Text vor allem teuer. Darum gibt es sowas nicht. Und darum begegnen uns in diesen Rubriken, wo irgendwer irgendwen sucht, weiterhin schicke verwitwete saukluge Däninnen mit Übersetzungsbüro im Noteinsatz, die vor lauter Niveau und Verstand zur Strafe noch gaanz lange Single bleiben werden. Ätsch!

Knarz, seufz, hust, tuschel

Es wackelt das Bein und bebt das Parkett. Es hustet vorn, es räuspert hinten. Es knarzt der Lederschuh, bewegt vom nervösen Fuß. Es neigt sich der Kopf der Vorderfrau nach links, man neigt sich entgegengesetzt; er neigt sich wieder nach rechts, man neigt wieder dagegen. Es entströmt dem Nebenmann ein beherzt fauchendes Gähnen – und leider auch abgestandener Atem. Es hustet wieder irgendwo vorn, es tuschelt hinten. Es leuchtet blau ein Handy auf und der Bildausschnitt wird gewählt. Der Mann mit dem knarzenden Schuh und dem fauchenden Gähnen entlässt nun noch einen geräuschvollen Entlastungsseufzer.

Am Ende sind die Protagonisten, deretwegen man i Saal ist, noch nicht mal von der Bühne gegangen und di Zuschauermengen drängeln schon zur Garderobe.

Aus dem Kino kennt man das ja: Abspann aushalte und das Gesehene nachwirken lassen? Von wegen. Abe wo befinden *wir* uns gerade? Richtig: im klassische Konzert. Um einen herum ziemlich viele Menschen, di altersmäßig zu den reiferen gehören. „Kein Benehmen denkt man nur innerlich kopfschüttelnd und seufzt end lich auch. Die Wirkung der romantischen Musik blie leider ein wenig auf der Strecke.

Abwaschmagie

Bisher hat es leider nicht funktioniert. Irgendwas habe ich falsch gemacht. Vielleicht sollte ich demnächst einfach etwas lockerer an die Sache rangehen, nicht mit so hohen Erwartungen. Heute nach Feierabend probiere ich es noch mal, diesmal ganz unverkrampft. Und dann bin ich mal gespannt! Wenn ich nach Hause komme, zunächst ganz unverdächtig einfach alles so machen wie immer: Aufschließen, Tasche an den Taschenabstellplatz, Schuhe aus, Jacke aus, Fenster zum Lüften auf und dann – ganz sachte die Küchentür aufmachen und gucken, ob es noch da ist ... das Geschirr. Oder ob es diesmal geklappt hat: Ob es sich auf magische Weise selbst abgewaschen, abgetrocknet und weggeräumt hat. Bei manchen Leuten scheint das ja zu funktionieren. Jedenfalls

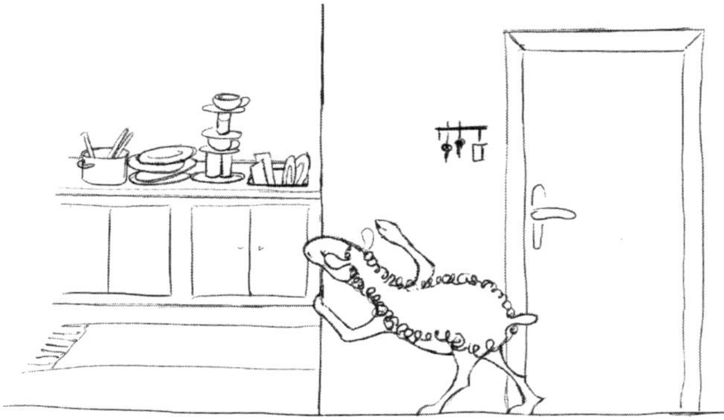

nehme ich das nach beobachtender Expertise an. Warum sonst stellen sie auf Arbeit oder zu Hause Tasse, Glas und Teller einfach nur auf der Anrichte oder sonstwo ab, ohne sich um die weitere Behandlung zu kümmern? Praktischerweise verschwinden die unschön benutzt aussehenden Gegenstände auf diese Weise ja gleich ganz aus dem Bewusstsein der Abwaschdelinquenten. Also, ich hab‘ mich noch nicht getraut, mal nachzuhaken, wie das bei diesen Leuten dann weitergeht mit dem Geschirr. Irgendeinen Trick muss es ja geben. Man müsste wohl mal die dazugehörigen Frauen befragen.

Tonfälle

Szene 1: *Machst du endlich! Na, los jetzt! Trödel nicht so! Da lang! Hör jetzt aber auf! Kommst du her! Nun is' aber mal Ruhe!*

Szene 2: *Naaaa, was hast duuu denn da Feines entdeckt? Willst du noch gar nicht nach Hauuuse geh'n? Ach, duuu bist aber eine Liiiiebe! Ja, sooo ein Schööööner. Na, was ist denn daaa?*

Manche Menschen reden mit ihrem Kind wie mit einem Hund. Manche mit ihrem Hund wie mit einem Kind.

Letzteres mag Geschmackssache sein. Hauptsache, das derart erzogene Tier hört dann auch, wenn es drauf ankommt. Ersteres jedoch ist Anlass zu fragen, warum es eigentlich keinen Elternwesenstest gibt.

Wie angenehm überraschend und wohltuend ist es angesichts solcher sprachlich-sozialen Dissonanzen, auf der Straße unvermutet zu hören, wie ein etwa 13-Jähriger zu seinem gleichaltrigen Begleiter nicht irgendein „Ey, Alter"-Rap-Genuschel absondert, sondern wohlformuliert äußert: „Ich halte es für besser, wieder umzukehren."

Es gibt also doch noch Hoffnung.

Experiment am Wegesrand

Manchmal sind Männer schon wahre Wunder. Auslöser für wunderndes Staunen meinerseits jedenfalls war neulich mal wieder ein Exemplar, das sich am Rande des kleinen Flusses im städtischen Park mehr schlecht als recht hinter oder vielmehr neben einem schlanken Baume, ähm, na, sagen wir mal: zu beschäftigen wusste. Also er stand da, den Blick konzentriert gen Boden gerichtet, die rechte Hand wohl das haltend, was Männern erlaubt, gelbe Wörter in den Schnee zu schreiben, und die linke Hand, ja, die war irgendwie an seiner linken Wange. Und während er da so stand und mangels Schnee schreiberisch eher unkreativ zu Werke ging, sprach er. Wie ich nach einem mir durchaus unangenehmen intensiveren zweiten Hinschauen feststellte, nicht mit sich selbst, sondern in seine linke Hand. Ja – der telefonierte tatsächlich, während er einhändig pinkelte!

Nun gut, das mit dem Telefonieren könnten wir Frauen natürlich auch, nur im Sitzen zwar, aber wir könnten dabei sogar *zwei* Telefone halten. Die Frage ist nur: Wollen wir das? Und vor allem so unbekümmert in aller Öffentlichkeit, als wäre es das Normalste auf der Welt, während des Hinter-einem-Baum-Pullerns gleich noch zu telefonieren. Männer scheinen sich um so was weniger Gedanken zu machen.

Ich schwankte jedenfalls angesichts dieses versierten Einhand-Pullerers zwischen Staunen und Amüsement und fragte mich, ob das vielleicht was mit einer neuen App zu tun hatte. Vielleicht konnte er da irgendwo gleich einen Getränkegutschein absahnen, wenn er über Voice-

Facebook etwas über sein aktuelles Flüssiggeschäft ins Netz stellte. Oder er war womöglich direkt mit seinem Urologen verbunden, um ihm Auskunft über Beschwerden, Farbe und Geschwindigkeit zu geben? Na, ich kenn mich mit so Technikzeugs ja nicht sonderlich aus.

Vielleicht war ich aber auch gerade Zeugin der Erprobung digital stimulierter Vaskulär-Relaxation unter urban-biosphärischen Realbedingungen geworden.

Nur, das mit dem Sich-hinter-Bäumen-Verstecken müssen die Probanden wohl noch ein bisschen üben...

Der Bart ist das Problem

Auch wenn man äußerlich und vom Betragen her natürlich guten Gewissens den Standpunkt vertreten kann, dass Männer und Frauen irgendwie unterschiedlich sind, eint sie doch ein wesentliches Problem, das nur anders heißt: Frauen haben Frisuren, Männer haben Bärte.

Während Frisurenträgerinnen tagtäglich vor dem Dilemma und der Herausforderung stehen, die Haare in eine nicht nur *ihnen* gefallende und der Persönlichkeit Ausdruck verleihende, sondern auch in eine gesellschaftskompatible und der Tagesmode entsprechende Form zu bringen, ist den meisten Männern ihre Frisur relativ egal. Außer sie sind im pubertären oder partnersuchebedingten Gefallsucht-Gehabe verheddert. Dafür aber haben Männer, was den Haarwuchs nahe der Denkstation betrifft,

ein nicht weniger ernstes Problem: den Bart.

Schnurrbärte sind da eine Kategorie für sich, da tobt der Mann sich mitunter ja auch extravagant aus, was dann sogar schon ein bisschen in Richtung Frisur geht und von Frauen sicherlich mit Verständnis bedacht wird. Sobald Männer aber darüber hinaus Barthaar wachsen lassen, geben sie der Betrachterin Rätsel auf und man kommt ohne Interpretationshilfe nicht weiter. Darum hier ein Versuch:

Der Mann ist Weihnachtsmann.

Der Mann ist zu faul, sich zu rasieren, oder denkt irrtümlicherweise, dass diese Nachlässigkeit Cowboy-cool verwegen wirken könnte.

Der Mann friert leicht am Kinn.

Der Mann ist ein Abenteuerer und braucht etwas im Gesicht, woran sich auf den 8000er-Expeditionen effektvoll eine Eiskruste bilden kann.

Der Mann hat entdeckt, dass ihm ein Doppelkinn wächst, und möchte es kaschieren.

Der Mann befindet sich in der unglückseligen Lebensphase, in der sich der Haarwuchs unkontrolliert verlagert. Ganz oben sind gar keine mehr, und die auf dem Rücken will er nicht öffentlich zur Schau stellen. Mithilfe des Bartes will der Mann außerdem vom beginnenden Haarwuchs in den Ohren ablenken.

Der Mann hat auch gern später noch was vom leckeren Mittagessen, findet Tupperdosen aber albern.

Der Mann möchte Salafist werden – oder ist schon einer und könnte demnächst explodieren.

Der Mann möchte sich einfach so einen Salafisten-Bart wachsen lassen, ohne mit selbigen zu sympathisieren, testet auf diese Weise aber gleichzeitig die Reaktionen seiner Mitmenschen, die dank ihrer Klischeevorstellungen dazu neigen, ihn in die Salafisten-Schublade zu stecken. Ergo: Dieser Mann ist ein Um-die-Ecke-Denker und Provokateur.

Manchmal treffen von all diesen aufgezählten Dingen auch mehrere zusammen. Das wiederum macht es der Bart-Betrachterin nicht gerade einfacher. Darum halten wir fest:

Männer sind kompliziert, haben es aber auch nicht leicht.

Beine mit Musik

So ein klassisches Konzert ist schon interessant. Auch wenn man keine so rechte Ahnung von der Bedeutsamkeit des Dargebotenen hat und lediglich mit Einschätzungen wie: „Na, das hat ja ordentlich Rummms“ oder „Richtig schön“ glänzen kann, bietet ein klassisches Konzert mit großem Orchester doch ziemlich viel Anschauungsmaterial. Dass wir in Reihe 3 ganz rechts außen saßen, war von der Reservierenden gut gemeint – schließlich besuchten wir das Konzert wegen verwandtschaftlicher Aktivitäten im Kontrabassbereich. Und die hatten wir mittels unserer Platzierung direkt vor Augen. Uns entging kein Bogenstrich und kein skeptischer Seitenblick unserer musizierenden Protagonistin zum Nebenan-Streicher. Uns entging ob unserer Blickhöhe aus den Tiefen des Zuschauerparketts auch nicht, dass eine Cellistin am linken Fuß einen klobigen Wanderschuh trug – was sich wenig später dadurch erklärte, dass sie am rechten eine ebenso eleganzmindernde Plaste-Gehschiene trug. Und uns entging nicht, dass die Sitzflächen der Stühle, auf denen die Streicher saßen, durch eine Schraube unter der Sitzfläche nach vorn kippend verstellbar waren.

Was uns allerdings entging, war der Augenschein des Großteils des Orchester – zumindest ahnten wir, dass nicht allein befußte Beine für das großartige Klangerlebnis sorgten.

Wie Hund und Mütze

Ich war eine Runde draußen. Es war kalt, darum trug ich eine Mütze – industriegestrickt, blau, behaglich am Kopf anliegend, nichts Besonderes. Das Ende des Spaziergangs war beschlossen, die Haustür schon in Sichtweite. Da tat sich plötzlich ein Hindernis auf dem Gehweg auf: zwei Gestalten, die mir entgegenkamen. Eine mit zwei Beinen plus Rollator, eine wesentlich kleinere mit vier Beinen – verbunden waren beide Gestalten durch eine Leine. Sie waren nicht sonderlich schnell, nahmen dennoch die ganze Gehwegbreite ein.

Da tönte es liebevoll-mahnend: „Nein, nicht die Tante anspringen. Die hat bloß 'ne Mütze auf." Dies beruhigte nun weniger den Hund, als dass es mich alarmierte. Und noch während ich mich innerlich auf die typische Hundebegegnung-Schockstarre vorbereitete, fing das Tier, ungeachtet der Ermahnung seines Rollator-lahmenden, schwer atmenden Frauchens, auch schon an zu kläffen. In meine Richtung, natürlich, mich unschön anvisierend.

Im Schutz eines nahe der Häuserwand stehenden grauen Elektrokastens begann ich mich für einen Moment nicht nur wie ein Torero hinter dem Holzspalier zu fühlen, sondern auch zu überlegen, ob es hilfreich sein könnte, einfach meine Mütze abzusetzen. Offensichtlich hatte das Tier, dessen Tante ich angeblich sein sollte, ja wohl ein Problem mit Mützen. Konnte es andererseits sein, dass dieser Hund so blöd war, dass er einen Menschen mit Mütze nicht als einen solchen erkannte beziehungsweise ihn wegen eines Kleidungsstücks als gefährlichen Gegner einstufte? Oder war er mit einer Insel-Begabung ausgestattet, die ihm erlaubt, anhand der Frisur eines Menschen zu erkennen, ob Freund, ob Feind, und ihm dies nun durch die Mütze verwehrt blieb? Legitimierte ihn aber wiederum die Kopfbedeckung eines Passanten dazu, selbigen einfach anzuspringen, wie es die Leinenhalterin ja prophetisch-verbietend verlautbart hatte?

Nun, all diese Überlegungen brachten mich nicht wirklich weiter, zumal der Köter ja nicht mit mir in Austausch darüber treten konnte. Also winkte ich, noch immer hinter dem grauen Kasten stehend, Hund und Frauchen mit großzügiger Geste durch und vorbei, was den Kläffer aber nicht davon abhielt, mich erneut anzukläffen, und sein Frauchen zu der wiederholten Mahnung veranlasste von wegen „Die hat bloß 'ne Mütze auf." … Verstanden habe ich den Zusammenhang bis heute nicht. Aber ich freue mich, wenn es wieder wärmer wird und die Mütze im Schrank bleiben kann.

WUFF

MAN MÜSSTE MAL WIEDER SPORT MACHEN

Alles zu viel

Liebe Leserinnen und Leser, wir wollen an dieser Stelle schon mal vorwarnen. Es könnte sein, dass demnächst die Zeitung ausfällt. Wegen Buchstaben. Ja, wirklich! Man hat das nicht in der Hand, es ist höhere Gewalt. Schließlich ist neulich auch eine Sportveranstaltung ausgefallen, ein bedeutender Wettbewerb. Ich glaube, es war irgendwas mit Bergrunterfahren auf Skiern. Die Begründung für die Absage: Zu viel Schnee. Meinem Verständnis nach handelt es sich bei Bergrunterfahren auf Skiern um Wintersport. Und für Wintersport braucht man Schnee. Aber es darf offenbar nicht zu viel davon sein, das überfordert die Wintersportler der heutigen Generation. Wahrscheinlich ist „Schnee" für sie mittlerweile ohnehin ein Fremdwort, und sie kriegen das im Wintersport-Theorieunterricht in einem langwierigen Prozess beigebracht. Mit Definition-Auswendiglernen und so. Und alles ganz anthroposophisch-behutsam. Da gibt es dann bestimmt auch so Impro-Theater, wo sie sich alle vorstellen, es läge Schnee, aber richtig viel. Hui, das ist Psychotraining extrem. Da möchte ich kein Bergrunterskifahrer sein.

Im Grunde haben es ja alle Sportler irgendwie nicht leicht. Die Anforderungen sind enorm. Insofern lassen Sie uns auch anderen Athleten mit Nachsicht begegnen, wenn es demnächst heißt: Fußballspiel wegen zu viel Rasen abgesagt. Oder: Schwimmwettkampf kann wegen zu starker Nässe im Schwimmbecken nicht stattfinden. Und bitte auch nicht jammern, wenn das Beachvolleyball-Match wegen zu sandigem Untergrund ausfällt. Schließlich kann jedem mal alles zu viel werden.

Viel Wind, wenig Kraft

Fahrradfahren – sofern es nicht der Landschaftsbetrachtung oder geselligen Ausfahrt dient – erfolgt bei mir meist schnell (und wer schnell fährt, kommt auch weit, sieht also mal was anderes). Dafür jedoch sind zwei Bedingungen notwendig: Es darf nicht zu windig sein, und es darf mir nicht an Elan mangeln. Beides allerdings trat neulich ungünstigerweise in Kombination auf. Natürlich erst, als ich schon unterwegs war. Aus der 30-Kilometer-Ambition wurde deshalb unversehens ein „Ooch, na ja, reicht ja auch bis kurz hinterm Ortsausgangsschild". Dennoch musste geradelt werden, so ein Fahrrad fährt schließlich nicht von selbst. Schon gar nicht den Rückweg. Auf selbigem habe ich mir dann kurz mal einen Elektro-

motor gewünscht beziehungsweise jemanden, der mich zieht. Oder einen Hubschrauber, der mich nach Hause auf mein Sofa fliegt. Der Gipfel der Entmutigung jedoch trat ein, als ich bemerkte, wie neben mir (angestrengt tretend, keuchend, immer kraft- und lustloser werdend) auf einmal eine Hummel (ganz gemütlich-mühelos, in der Luft spielerisch auf- und abwellend) herflog. Ich fühlte mich herausgefordert, wollte mit ihr mithalten. Ich weiß nicht, ob sie mich mit ihrem Geleit anfeuern oder verhöhnen wollte. Jedenfalls drehte sie irgendwann ab. Ich glaube, das Ganze hat sie gelangweilt.

Nackturniere

Wenn man als Sonst-nicht-so-der-Sport-Gucker dann doch mal Sport guckt, kann man arg ins Staunen geraten. Was es nicht alles gibt!

Bei den einen grabbeln sich zwei Männer in altmodischen Herrenbadeanzügen an den Handgelenken rum, nur um sich anschließend in anzüglicher Vierfüßerstand-Pose an die Wäsche zu gehen. Das Publikum tobt.

Bei den anderen eiern „Star Trek"-artig verkleidete Futurismen auf speichenlosen Rädern im Kreis herum, um dann für wenige Sekunden um die Wette zu fahren. Jubel!

Und bei wieder anderen halten von Synthetik zusammengehaltene Muskelberge, deren Hände aus unbegreiflichen Gründen an einer viel zu schweren Eisenstange befestigt zu sein scheinen, so lange die Luft an, bis sich die Stange löst und runterfällt. Applaus!

Nun ja, wenn es für all das Punkte und Medaillen gibt – warum nicht ...

Was den Sonst-nicht-so-Sport-Gucker aber noch viel mehr irritiert, ist die Kleiderordnung. Während die Tennisdamen immerhin noch ein flatterndes Kurzstöffchen um die Lenden tragen dürfen, müssen die Beachvolleyballerinnen fast nackig spielen. Seltsam, Skispringer springen doch auch nicht in Thermounterwäsche und Fußballer dürfen auch richtige Sachen anhaben.

Da dauert es sicher nicht mehr lange, bis die Reiter – die wohl letzten Sportler, die noch vollständig und ansehnlich angezogen sind – in Bikini und Badehose aufsitzen. Wenn überhaupt. Schließlich hat das Pferd ja auch nichts an. Außer Zopfgummis in der Mähne.

Lauferei

Auch wer geht, läuft. Aber heutzutage besteht Verwechslungsgefahr, wenn man laufen sagt. Da denkt gleich jeder, man rennt trendig-fit mit Neonshirt und Pulsuhr durch die Gegend. Und das macht man ja nicht. Man läuft schon gern, aber eher so: Gemäßigt zügig und nicht immer mit einem Ziel, sondern viel lieber ziel- und zwecklos, weil das den Kopf so schön aufräumt und freimacht, die Gedanken sich fein sortieren, wenn man nur in schön genuger Landschaft einen Fuß vor den anderen setzt. Und allerhöchstens zu zweit, nie und nimmer aber in einem schwitzenden, keuchenden Pulk. Jenem Laufen also, bei dem sich in irrer Frequenz beide Füße gleichzeitig in der Luft befinden und einem nach wenigen Metern erstens die Luft ausgeht, zweitens die Schwerkraft wie dreifach verstärkt erscheint und drittens der hochrote Kopf ebenso wie das wilde Schnaufen einfach nur peinlich sind, kann ich nichts abgewinnen. Aber überall wird gelaufen: Gute Zwecke und schöne Jahreszeiten sind ebenso als Anlass geeignet wie der Einbruch der Dunkelheit, das Jahresende oder sein Anfang. Das kann ja auch gern so bleiben. Was aber machen nun diejenigen, die nicht gern rennlaufen, weil es ihnen nicht gelingt, die Fuß-Bein-Apparate in wildem Wechsel der ebenen Erde zu entheben und das nach euphorisierender Anstrengung wohltuend zu finden? Die lieber Fahrrad fahren oder wandern? Wie wäre es mal mit einer Feierabend-Radfahrt oder einer Benefiz-Wanderung? Es muss auch nicht um die Wette sein.

Sport-Hunger

Bei der Frage „Und was für Sport machen Sie?“ will ich das nächste Mal beim Arzt nicht wieder so rumeiern wie neulich. Ich hätte ja flunkern können und anfangen aufzuzählen: Schwimmen, Laufen, Radfahren, Rückengymnastik, Power-Irgendwas und wenn noch Zeit ist, Pilates. Halb stotternd und mich ertappt fühlend, beließ ich es bei einem absterbenden „Na ja, Radfahren …“ Kurzum, ich hatte ein schlechtes Gewissen und fing doch prompt an, Rücken-, Nacken- und sonstiges Weh zu antizipieren. Und: nach einem echten Sportkurs zu suchen. Die ganz manierlich absolvierte erste Trainingseinheit hatte nicht nur wie zu erwarten ein wenig Muskelkater hier und da zur Folge. Sondern auch ein möglicherweise schwerwiegendes Problem: den Heißhunger danach. Abends um neun noch diesen Plötzlichhunger zu haben, ist nicht fair. Man fängt mit einem Stück Käse an, macht weiter mit einer Scheibe Wurst, geht zu Nüssen über, hat dann aber noch Appetit auf Süßes. Gesund ist das bestimmt nicht. Aber ich habe ja auch keinen Abnehmkurs belegt, sondern will nur die Muskeln kräftigen. Und die stören sich doch bestimmt nicht an Spätgenaschtem.

Nun, die nächste Arzt-Sprechstunde werde ich aber wohl doch noch etwas hinauszögern. Nicht, dass dann die Frage kommt: „Und was essen Sie nach dem Sport?“

Von dem bisschen?

Oh, Mann, was für ein Muskelkater! So hinten im oberen Bein, im einen wie im andern ... Und da – zwischen den Schulterblättern auch! Seltsam, man hat doch diese Woche gar keinen Sport gemacht. Also, wie kommt der Muskelkater da überall hin? Der wird doch nicht ... von dem bisschen Lochbuddeln und Aussäen im Garten? Und dem bisschen Staubsaugen und Stühlerücken und Teppicheausschütteln und Bodenwischen? Und dem bisschen Schraubenreinschrauben und Nägelreinhämmern? Wird doch wohl nicht? Doch. Wird. Und das ist irgendwie erschütternd.

Na, sicher, man zählt nicht gerade zu den trainiertesten Erdenbewohnern und ist auch so gar nicht diszipliniert mit irgendwelchen Stärkungsübungen sportlicher, sondern eher mit denen kulinarischer Art. Aber deshalb gleich nach so Minianstrengungen Muskelkater? Ist das etwa ein Wink der Lebensjahre-Statistikabteilung?

Was soll das erst werden, wenn's wieder ans Ernten geht? Und der richtige Frühjahrsputz steht ja auch noch aus. Und das Zimmerpflanzenumtopfen erst! Und man hat noch Möbelumräumpläne ... Uuuh, da tut mir ja jetzt schon der Rücken weh! Zum Ausgleich könnte man natürlich ein bisschen Sport machen. Wenn nur der Muskelkater nicht wäre.

Sportschläfrig

Wenn der Sportkurs ausfällt, steckt man im Dilemma. Zuerst ist da die heimliche Freude über einen plötzlich gewonnenen freien Abend. Man muss nicht noch mal los, kann gleich in die Feierabendfaulheit übergehen. Toll! Spätestens aber zwei Tage nach dem ausgefallenen Termin macht sich das Fehlen körperlicher Ertüchtigung bemerkbar – man windet sich und streckt sich und hat das untrügliche Gefühl von: Jaaa, ein bisschen gezielte und auch anstrengende Bewegung täte wohl gut, der Abendspaziergang kann das alles nicht kompensieren. Also versucht man, sich an die Übungen vom Sportkurs zu erinnern, was nicht so recht gelingt, macht hier zwei, drei Hampeleien, da vier, fünf Liegestütze und findet sich alsbald rücklings auf dem Wohnzimmerteppich wieder, um heroisch diese fiese Bauchmuskelübung durchzuziehen. Und merkt: Hach, das liegt sich aber gemütlich hier. Träum, sinnier, schläfrig-werd.

Hühnerneid

Ein Huhn, es mag erstaunlich klingen, ist durchaus geeignet für kontemplative Betrachtung. Allerdings kann es auch skeptische Fragen und sogar Neid auslösen. Und das alles nur, weil ein muskelverspannter Mensch mal kurz raus in den Garten wollte und – aufgrund einer akuten Nackensteife zu ausschweifenderen sportiven Outdoor-Manövern unfähig – sich wenigstens mal in die vormittägliche Schönherbstsonne stellen. Da steht Mensch also im dörflichen Gartengrün herum und betrachtet das Huhn. Welches es sich augenscheinlich sehr gemütlich gemacht hat. Es steht, ein wenig abseits von den Mithühnern, wie eine aufgeplusterte Federkugel auf zwei Beinen am Zaun des Beetes. Vom Kopf ist nicht viel zu sehen, er steckt, geschmeidig nach hinten gedreht, samt Schnabel im Gefieder. Das Huhn gnurkst und schnarcht so vor sich hin. Nun fragt Mensch sich, ob das Huhn einfach nur mal faul ist oder womöglich die Augen vor der Realität

verschließt? Ist es nicht gar ein wenig weltfremd, wie es da den Kopf so biedermeierhaft im eigenen behaglichen Gefieder versenkt? Und hat so ein Huhn eigentlich *auch* manchmal Muskelverspannungen? Dieses hier ja offensichtlich nicht. Wie macht es das nur, den Hals so weit nach hinten zu drehen und dann noch bequem dabei zu schlummern? Fragt Mensch sich selbstmitleidig und will den Blick ratsuchend zur Gartenbegleitung wenden – aber aua, der Nacken!

Büro-*Ball*ade

Es gibt Leute, die versuchen, ein Baum zu sein oder eine lauernde Katze oder eine Flunder. Sie nennen es Yoga. Und es gibt Leute, die mit Skistöcken am Handgelenk durch den mitteldeutschen Urbanforst schlendern, in dem schon seit Jahren nicht mehr richtig Schnee lag, geschweige denn, dass Loipen gezogen wurden. Angesichts dieser Tatsache verzichten diese Extremsportler auch auf Skier und nennen es „Gehen auf die nordische Art". Na, wenn die Skandinavier davon wüssten ... In China wiederum kann man sich als Entspannungsmethode gegen Geld von zierlichen Personen auf Rücken und Brustkorb rumtrommeln lassen, sich zur Linderung der Schmerzen einen Trunk aus getrockneten Schlangen und Tigerschwänzen genehmigen und das dann unter dem Aspekt des ganzheitlichen Nirwana betrachten. Äh, so in etwa.

Der Mensch soll gesund leben. Das sehe ich ein. Wenn das aber auf Kosten der Seriosität geht, bin ich mir nicht mehr sicher. Seit Kurzem habe ich einen Sitzball im Büro. Also, ich habe ihn nicht nur, ich benutze ihn auch. Nicht, wie andere Sitzballbesitzer, nur zum Füßedrauflegen, sondern eben zum Draufsitzen. Wenn man das denn so nennen darf, was man da tut, wenn man versucht, auf diesem rollenden Gummiding Gleichgewicht und Gleichmut zu bewahren. Immerhin sorgt mein neues Sitzmöbel für reichlich Gesprächsstoff. Ein Kollege fragte mich jüngst, nachdem er ob meiner unruhig schaukelnden Unterpartie ausreichend in sich hineingekichert hatte, ob man dem Ding denn nicht wenigstens das Muster eines Globus hätte verpassen können. Sich ganz nach Belieben und weltpolitischer Lage mit dem Allerwertesten auf die Schurkenstaaten setzen und ihnen nach ausreichend Linsengericht mal so richtig eins …

Aber lassen wir das. Auch wenn diese wenig grazilen Dinger gesund sein sollen, bergen sie doch erhebliches Verbesserungspotenzial. Ich habe schon überlegt, ob man eine Heizung installieren könnte. Denn der Sitzball, der selber ja nicht sitzt, rollt, sobald man aufsteht, irgendwohin. Rollt man ihn wieder zurück, ist die zuvor angewärmte punktuelle Sitzfläche nicht mehr aufzufinden. Doof. Auch Griffe wären praktisch. Dann könnte man der von leisem Spott begleiteten Aufforderung, zur Mittagspause zu kommen („So, du kannst dann mit deinem Ball …"), durchaus heiter hüpfend Folge leisten.

Ob das alles nicht meinem Ansehen schadet? Doch. Es muss wirklich dämlich aussehen, wenn man sich in immer kleiner werdender Frequenz senkrecht federnd an seinem Arbeitsplatz einpegelt. Abgesehen davon ist es eh nur eine Frage der Zeit, bis mir von dem ganzen Rumgeschaukel schlecht wird. Aber in diesem Fall kann ich mich ja vertrauensvoll an eine chinesische Apotheke wenden oder einfach mal die Yogafigur „Bleicher Büromensch kriecht blaufleckig unter Schreibtisch hervor" zur Anwendung bringen. Wird schon. Ich lass mich doch von einem Ball nicht in meiner Seriosität untergraben!

DAS HAB' ICH NICHT BESTELLT

Putzpost

Was für ein subtiler Hinweis! Liegt doch neulich ein originalverpackter Staubwedel in meinem Briefkasten. Ich vermutete einen Spaß aus engstem Kreise. Der Verdacht solchen Schelmentums wurde jedoch kopfschüttelnd von sich gewiesen, was mich nun abermals ins Grübeln brachte. War das etwa T., mit dem ich neulich noch über den Kampf gegen Staubflusen fachsimpelnd jammerte? Er war es nicht. War es die Post, trägt die jetzt schon aufs Geratewohl unfrankierte Putzutensilien aus? Unwahrscheinlich. Aber es müsste jemand sein, der annimmt, ich hätte keine Saubermachgerätschaften, hätte sie jedoch dringend nötig. Das wiederum hieße, dass dieser jemand schon mal bei mir zu Hause gewesen sein muss und den Zustand für mangelhaft befand. Aber dann so bei den anderen Mietern klingeln und sagen „*Guten Tach, ich wollte der Frau Knappe nur mal einen Staubwedel in den Briefkasten tun*", klänge doch arg nach Zeugen-Jehovas-Enkeltrick-Aboverkäufertum. Da macht doch keiner auf.

Am Ende stellte sich heraus: Alle Leute in der engeren und weiteren Nachbarschaft hatten ebenfalls so ein Ding im Briefkasten! Ob das nun einen kollektiven Putzwahn ausgelöst hat, weiß ich nicht. Bei mir jedenfalls nicht. Ich wundere mich nur immer noch über den aufgedruckten Warnhinweis „Außer Reichweite von Kindern aufbewahren". Also, als *wir* Kinder waren, mussten wir regelmäßig beim Staubwischen mit ran. Da war alles schön *in* Reichweite.

Käfer her!

Man traut ihnen solche Abruptheit gar nicht zu, aber so überraschend, wie sie immer auftauchen, verschwinden sie auch wieder. Und man kann wirklich sagen: sang- und klanglos. Denn wo eben noch ihr Brummen war, ist nun: nichts. Ja, die Junikäfer ... Nicht dass wir sie hier vermissen würden – eine Bekannte störten sie neulich schon erheblich beim außerhäusigen Wäscheaufhängen, mich störten sie bei der Absolvierung lauschiger Balkon-Abende. Muss man sich mal vorstellen die Schlagzeile: „Menschin von Juni-Käfern in die Flucht geschlagen".

Also, es ist nicht Sehnsucht, die mich umtreibt, sondern die Frage: Was machen die tolterigen Juni-Käfer eigentlich den Rest des Jahres? Wahrscheinlich die multiple Gehirnerschütterung ausheilen, die sie sich bei ihrer trunkenen Fliegerei zuziehen, wobei sie ständig gegen Mauern, Türen und Balkonbrüstungen dengeln. Ich bin nicht informiert, wovon Juni-Käfer sich eigentlich ernähren und wie ihnen die Nahrungsaufnahme bei ihrer eigenwilligen Fortbewegungsweise überhaupt gelingt. Aber ich finde, sie hätten ruhig mal ein paar von den Blattläusen an meinen Ringelblumen abknuspern können. Denn während die Läuse erstaunlicherweise den Weg drei Etagen hoch auf meinen Balkon gefunden haben, gelingt dies den Marienkäfern nicht. Selten beschwere ich mich über das Ausbleiben von Insekten in meiner Nähe. Jetzt aber rufe ich: Her mit den Käfern!

Kissenkampf

Kopfkissen gehören zu den Gegenständen, die trotz ihrer unerklärlichen und überflüssigen Überdimensioniertheit kaum hinterfragt werden. An sich sind Kopfkissen ja auch ganz friedliche Zeitgenossen, wenn man so will. Liegen einfach da, sind still und ertragen jegliche Deformation und Zurechtweisung, die man ihnen zuteil werden lässt. Sie murren auch nicht eitel gekränkt, wenn man ihnen mal was Hässliches anzieht. Und bei alldem suggerieren sie ganz subtil diese duldsame, anschmiegsame Gemütlichkeit, die die stumme Frage impliziert: Kann man mir denn böse sein? Leider muss diese Frage mit „Ja!“ beantwortet werden.

Denn nicht jedes Kopfkissen ist so unauffällig, zurückhaltend und anpassungsfähig, wie man sich das wünscht. Meist passiert es in Fremdübernachtungsstätten, dass man sich, was das Kopfkissen anbelangt, vergessen könnte. Diese monströsen, hyperpräsenten, aufgeplusterten Synthetikberge verstehen es aufs Vortrefflichste, zu verhindern, dass der Mensch zu seinem Schlaf findet. Stattdessen rollt der Kopf immer wieder nach links und nach rechts und wieder nach links, und es machen sich ob der anormalen Schlaflage erste Anzeichen von Rückenschmerz bemerkbar.

Das Nicht-einschlafen-Können steigert sich in Unzufriedenheit und Wut, bis es zum Unabwendbaren kommt: Erst prügelt man verzweifelt auf den Kunstfaserberg ein, schimpft mit *ihm* und auf die Herberge, aber nichts tut sich. Da bleibt nur eins: Das Kissen fliegt rausrausraus aus dem Bett!

Die Suche in der Reisetasche nach geeigneten Alternativen der Kopfbettung macht das Einschlafen allerdings auch nicht leichter. Die Nacht ist im Eimer. Und das Schlimme: Seit das Kissen gewaltsam aus dem Bett befördert wurde, ist noch Rest-Aggression da. Die Wut richtet sich gegen Unbekannt: Wer nur hat sich solche idiotischen Riesenplusterkissen ausgedacht und für schlafgeeignet befunden? *Wer* war das??

Bitte warten!

Es schleicht sich was ein. Und ich möchte mich empören, beschweren, echauffieren. Jetzt! Man stellt sich in eine Warteschlange, eben weil man noch nicht dran ist. Manchmal ist man in dieser Schlange auch ganz allein, hat sie vielleicht soeben erst eröffnet. Aber man wartet, sichtbar. Wie es sich gehört, in erwünschter Entfernung zum Apotheken- oder Posttresen oder zur Tür des öffentlichen stillen Örtchens. Aber diese Weit-weg-Steherei (die sogar einen offiziellen Namen hat: „Diskretionsabstand") wird missverstanden. Zackdihusch wischt jemand, der nicht so dusselig wie man selbst warten will, an einem vorbei und hängt sich keck an den noch bedient werdenden Erstkunden oder drängelt sich mal eben durch die Wartelücke in die gerade aufgehende Klotür. Da war kein Gruß, kein Blick, kein mimisch oder sprachlich artikuliertes „Entschuldigung, warten Sie hier auch?" oder „Würden Sie mich bitte rasch vorlassen, meine Kopfschmerzen sind angesichts meiner übervollen Blase so rasend, dass ich es keine Millisekunde länger aushalte?!" Nö. Nichts. Einfach nur dreist. Aber so geht's im Straßenverkehr ja auch am besten: Wer den Sicherheitsabstand einhält oder andere vorlassen will, ist halt ein Warmduscher. Da passt doch ein Drängel-Ungeduldsheini noch locker rein.

Ich werde mich wohl umgewöhnen müssen. Oder könnte man nicht mal über ein Höflichkeitsministerium nachdenken? *Das* wäre nun wirklich mal was Sinnvolles.

Das böse Licht

Wer Dinge besitzt, muss damit rechnen, dass sie kaputtgehen oder kaputtgemacht werden. Das gilt nicht nur für Kühlschrank, Karaffe, Kunstobjekt, sondern auch fürs Auto. Man staunt, was für ein Repertoire an Anfälligkeiten und Verletzlichkeiten so ein Auto parat hat. Manchmal muss man sich mit den Folgen mutwilliger Beschädigung rumplagen, manchmal aber kann so ein Auto auch ganz von sich aus auf tolle Ideen kommen. Meins zum Beispiel.

Eines Tages hörte auf dem Tempo-Benzin-und-Sonstiges-Anzeigenrund ein mir bis dahin unbekanntes Symbol nicht mehr auf zu leuchten. In schön gemütlichem Orange präsentierte sich mir dort fortwährend der unregelmäßige Umriss irgendeines interessanten und gewiss wichtigen Bestandteils meines Automobils. Es sah aus wie ein amputierter Fleischwolf. Da ich einen solchen aber nicht im Innenleben meines Autos vermutete, schlug ich kurz im Hilfehilfe-Handbuch nach und erfuhr, dass ich mich „möglichst unverzüglich“ und „in schonender Fahrweise“ zur nächsten Werkstatt begeben solle. Denn ein „abgasrelevantes Bauteil“ müsse wohl ausgetauscht werden. *Abgasrelevant ... hm.. Sollte ich da nicht lieber einen Termin beim Internisten machen? Ha, ha ...* dachte ich noch heiter-zynisch gestimmt, bevor ich die Warnung sehr ernst zu nehmen begann und mir natürlich große Sorgen machte.

Aufgrund einer unaufschiebbaren Verabredung sah ich mich in diesem Moment allerdings nicht in der Lage, „schonend“ und „unverzüglich“ zu einer Werkstatt zu fahren, erst recht nicht an einem Sonntag. Stattdessen ersann ich Methoden, um das böse orange Licht nicht sehen zu müssen. Es ergaben sich drei Varianten:

Ich könnte die linke Hand während der Fahrt immer auf kurz vor 12 auf dem Lenkrad belassen. Das hätte einen gewissen apokalyptischen Charme, aber vor allem wäre das orange Blendwerk weg.

Oder: Ich könnte, weil dann statt des Unterarms eine der Lenkradstreben die Anzeige verdecken würde, ständig mit scharf nach rechts eingeschlagenem Lenkrad im Kreis fahren. Was mich allerdings meinem Fahrtziel überhaupt nicht näher bringen würde.

Oder aber ich könnte so weit in meinem Sitz runterrutschen, dass ich auf Augenhöhe mit der Unterkante des Lenkrads wäre und so das Symbol nicht mehr sehen müsste – nur dass ich damit auch keinen Sichtkontakt mehr zur Straße hätte.

Schließlich erschien mir lediglich erstere Variante, also die mit kurz vor 12, ausreichend verkehrssicher. Am Ziel der Fahrt bekam ich dann noch den etwas unsportlicheren Vorschlag, doch einfach einen lustigen Aufkleber auf das enervierende Lämpchen zu kleben. Zugegeben, auch eine gute Idee.

Letztlich fuhr ich natürlich ein paar Tage später doch in die Werkstatt. Und was haben sie gemacht? Na ja, im Prinzip einen Aufkleber drauf. Also in Wahrheit haben sie mit speziellem technischen Gerät und tiefschürfender Expertise den Fehler ausfindig gemacht. Der aber kein wirklicher Fehler war. Was dann eben bedeutete, dass sie das böse Licht einfach ausgeknipst haben. Die Rechnung dafür war erstaunlich zahlenreich.

Bei der Erläuterung des hinter dem Fehler steckenden Phänomens rauschten an mir Stichworte vorbei wie: „Sauerstoffgehalt“, „erhöhter Verbrauch“ und „Lambda-Sonde“. Lambda-Sonde fand ich besonders schön. Das klang irgendwie so aufregend raumfahrtmäßig und extraterrestrisch prekär. Sollte ich jemals von einer Automobilzeitschrift interviewt werden, möchte ich mich bitte zur Lambda-Sonde äußern.

Rumpelruhe

Rumpel, quietsch, kreisch, polter, anfahr, anhalt, rumpel. Das Müllauto.

Brumm ... brummmm ... brummbrumm ... brumm. Ein Auto, das einparkt. Oder aus. Auf jeden Fall wird es ewig nicht fertig.

Kraaahkraaahkraahh ... Die Krähen starten im Riesenpulk in den Tag.

Mein linkes Auge öffnet sich einen etwa einige millionstel Millimeter schmalen Spalt und versucht, am Wecker die Uhrzeit abzulesen. Unscharf, aber: halb sieben! Trotz leise brodelnder Empörung versuche ich weiterzuschlafen. Geht aber nicht. Denn jetzt mogelt sich in die Geräuschkulisse auch noch Helligkeit. Durch die nicht schwarzen, aber doch vorhandenen Rollos. Eine Frechheit!

Die Gedanken nehmen derweil metaphysisch Kontakt mit meinem Wecker auf. In banger Erwartung des mahnenden *Tüüt-tüüt ... tüüt-tüüt*, aus dem, wenn man nicht schnell genug ist, ein leicht aggressives *Tütütütütütütüt* wird, komme ich der Nerv-Zwiebel in ihrer Morgenaktivität zuvor, haue drauf und – stehe auf. Hach, ich mag diese morgendliche Ruhe. Einfach großartig.

Hoffnung mit Umleitung

Grün ist die Farbe der Hoffnung, heißt es. Und das kann man durchaus nachvollziehen, wenn man sich als Gemüsegartenlaie säerisch betätigt. Da ist zunächst die Hoffnung, dass alle Samenkörner alsbald hübsch grünend aufgehen mögen und sich im zurechtgemachten Erdrechteck wohlfühlen. Dann ist da die Hoffnung, dass das zarte Grün gut durchhält, bis es eines Tages verspeisfertig gewachsen ist. Und dann ist da noch die Hoffnung, dass weder gleich noch später Schnecken, Raupen und sonstiges Appetit habendes Getier über das Grünzeug herfallen. Aber das passiert natürlich. Eben noch freut man sich über das augenscheinlich gelingende Mangold-Experiment, streicht hier versonnen über die gut wachsenden Blätter, schaut da ein wenig ins Abendsonnen-beschienene zarte Grün, und schon entdeckt man sie: schwarze, kleine, kugelartige Wesen, die sich in großen Kolonien harmonisch aneinanderschmiegen. Das sieht nicht lecker aus und das hatten wir so nicht bestellt.

Laut Gartenfachgremien handelt sich nun um die Schwarze Bohnenlaus. Das ist schon mal schön zu wissen. Aber was machen die Bohnenläuse am Mangold? Haben sie sich verlaufen? Waren sie auf ein Abenteuer aus? Ist die Schwarm-Intelligenz defekt? Da werden wir wohl nächstes Mal einen Wegweiser aufstellen müssen: Zu den Bohnen da lang!

Schuhmalaise

Auf meinem Balkon liegt ein Schuh. Dieser Schuh hat eine Profilsohle und eignet sich in Kooperation mit dem zweiten, dazugehörigen Schuh hervorragend zum Wandern. Was ich prima finde. Jedenfalls bis neulich. Denn in den schwarzen, kantigen, wie Tetris-Stein-Lücken geformten, also entsprechend schwer zugänglichen Vertiefungen dieser Sohle klebt etwas. Eine wirklich unangenehm riechende, braune, breiige Masse. Das war so nicht vorgesehen, aber eine kleine Unaufmerksamkeit beim Gang durch die zivilisatorische Wildnis einer städtischen Parkanlage brachte Masse und Sohle zueinander. Unzertrennlich.

Tja, bei einer *richtigen* Wanderung durch Wald und Flur, über Stock und Stein, Berg und Tal wäre so was wohl nicht passiert. Aber ich wollte die Wanderschuhe langsam und allmählich sich steigernd auf das bevorstehende große Abenteuer vorbereiten. Das hab ich nun davon. Statt Vorfreude herrscht Krisenstimmung. Seit zwei Tagen schon. Ich habe jetzt mal vorsichtig nachgeguckt, näherte mich – naserümpfend respektvoll Abstand wahrend – dem auf dem Balkon liegenden Asservatenstück und guckte, wie so der Stand der Dinge ist. An dem erbärmlichen Zustand meines stinkenden vollgeschmierten Schuhs hatte sich von allein leider nichts geändert.

Ich weiß, es ist nicht nett gegenüber dem Schuh, ihn so ganz allein zu lassen und auch noch über Nacht auf dem Balkon zu isolieren und ihn auf diese Weise für etwas zu bestrafen, wofür er nichts kann. Aber mir fiel noch keine praktikable Lösung ein, wie ich das Stinke-

Ekel-Kacke-Zeug, ja, nennen wir es endlich beim Namen: dieses Stinke-Ekel-Kacke-Zeug da wieder rauskriege. Am besten wäre natürlich, mein Duschschlauch wäre zirka 30 Meter lang. Dann könnte ich ihn vom Bad durch den Flur und das Wohnzimmer bis zum Balkon ziehen und den Schlamassel aus der Sohle wasserwerfen. Oder wenn ich den Schlauch gleich durchs Badfenster nach draußen auf den Balkon lenken würde, müsste er sogar nur etwa 12 Meter lang sein. Aber weder 30 noch 12 ist der Fall. Was also tun?

Das Problem bereitete mir noch einige unangenehme Stunden, während denen ich verständlicherweise auch auf das Lüften des Wohnzimmers mittels geöffneter Balkontür verzichtete, und eine weitere schlaflose Nacht. Schließlich wollte ich ja in Kürze wandern gehen und konnte nicht so lange warten, bis der Brei so weit getrocknet wäre, dass er an Volumen verlöre und von selbst aus der Sohle fiele.

Zum Schluss hatte ich dann aber doch noch eine Idee. Ein Inserat in den Kleinanzeigen, Rubrik Haustiere. Text: „Achtung, Hundefreunde! Kacke am Schuh an Liebhaber abzugeben. (Selbstabholer!)“

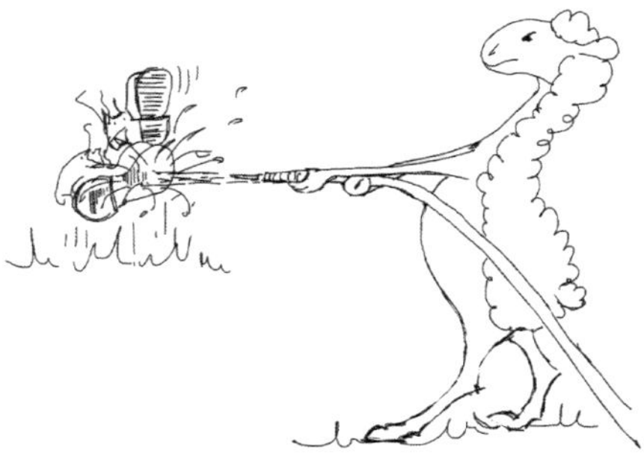

Wand an Wand

Ich habe eine Nachbarin. Sie raucht. Die Zigaretten macht sie mit dem Feuerzeug an. Und sie hat eine Mikrowelle und eine Steckdose an der Wand und einen Wasserhahn und ein Handy, dessen Funkempfang manchmal Morsegeräusche in meiner Musikanlage verursacht. Und ab und an hat sie Besuch, meistens eine junge Frau – ich glaube, es ist ihre Tochter. Sie unterhalten sich und lachen, und gekocht wird auch. Manchmal, ganz selten nur, ist auch ein Mann da, mit sehr tiefer Stimme. Ich war noch nie bei meiner Nachbarin zu Haus und habe bei ihr auch keine Überwachungskamera installieren lassen – aber ich weiß das alles trotzdem. Denn ich habe eine dünne Wand. Ich höre das alles. Zwischen meinem Wohnzimmer und ihrer Küche scheint nur eine etwas dickere Pappe eingeklebt worden zu sein. Ich war schon drauf und dran, „Guten Appetit" zu wünschen, wenn ihre Mikrowelle mit einem *Plinngg* das Gar-Ende der Mahlzeit verkündete. Vielleicht lag ihr auch schon mal ein „Gesundheit!" auf der Zunge, wenn ich niesen musste. Oder vielleicht wollte sie auch längst schon mal schöne Grüße an meine Oma ausrichten, wenn ich mit selbiger, wegen ihrer Schwerhörigkeit, mal wieder etwas lauter telefonierte.

Wir, also meine Nachbarin und ich, leben jetzt seit neun Jahren Wand an Wand – oder vielmehr Pappe an Pappe. Mal abgesehen von einem Gruß von Balkon zu Fenster haben wir noch nicht sonderlich viel miteinander geredet. Sie wohnt ja schließlich auch in einem anderen Hauseingang.

Immer mal wieder zwischendurch dachte ich daran, meinen Vermieter auf dieses Manko mit dem geräuschdurchlässigen Wohnungstrennelement hinzuweisen. Irgendetwas hat mich wohl aber immer davon abgehalten. Und meine Nachbarin offenbar auch. Vielleicht mag sie meine Musik. Oder meine Telefonate mit Oma. Oder meine Flüche, wenn ich am Computer sitze und mich über irgendwas Wieder-mal-nicht-Funktionierendes oder Viel-zu-Langsames vernehmbar ärgere. Jedenfalls kennen wir uns jetzt schon ziemlich gut, denke ich. Darüber, die Pappwand einzureißen und eine WG zu gründen, haben wir noch nicht gesprochen. Das wäre mir dann doch irgendwie zu eng. Ein bisschen Privatsphäre braucht ja schließlich jeder.

Gerüchte

Es soll ja vorkommen, dass Dinge, die nie oder noch nicht gesagt oder getan wurden oder von denen man im besten Falle irgendwie irgendwo gehört oder halbwegs was gesehen hat, in einer Weise weiterverbreitet werden, dass von der Ursprungssache nicht viel Eigentliches übrigbleibt. So was nennt man dann Gerücht. Angeblich werden solche Gerüchte in einer Küche zubereitet. Das jedoch suggeriert eine gewisse Sorgfalt und Finesse in der Zubereitung. Aber weitab von Zutatenzauberei und Würzextravaganzen wird ein Gerücht ja eher wie ein grober Eiswürfel aus der Maschine gepresst, damit er alsdann klobig-klotzig durch die Welt poltert. Wer, naturgemäß ungefragt, zum Protagonisten eines Gerüchtes wird, kann eigentlich nur eines: sich wundern, weise lächeln, weitermachen. Denn alles Dementieren und Erklären hilft nichts, das Gerücht ist nun mal fertig und tut, was es am besten kann: sich verbreiten.

„Warum biste denn in der Pause schon gegangen?" Diese Frage erwischte mich eiskalt von hinten, während ich in der Kassenschlange in der Drogerie stand. Mich wie ertappt und also zum Geständnis gezwungen fühlend, erinnerte ich mich an den Konzertabend am Tag zuvor, setzte schon zum Richtigstellen an, beruhte diese von der Fragerin für faktisch gehaltene Annahme doch auf einer Fehlinterpretation des Gesehenen.

Doch warum fing eigentlich ich an, mich für etwas Nicht-so-Gewesenes zu erklären? Völlig sinnlos vor allem, wenn man davon ausgeht, dass dieses mein vermeintliches Missverhalten inzwischen an weitere Köche kolportiert wurde. Michelin-Sterne gibt's für so was zum Glück nicht.

Irgendwie alt

Was sind untrügliche Anzeichen dafür, dass man tatsächlich alt und also in vielerlei Hinsicht unzulänglich wird? Nein, nein, wir reden hier nicht von grauen Haaren oder anderen als Lachfalten. So was ist langweilig. Sondern wir reden davon:

Man fängt mit etwas an, vergisst aber, dass man ebenjenes gerade tun wollte, weil man derweil zu was anderem abgelenkt wurde. Kurz darauf fragt man sich: *Hä, was wollte ich noch mal eigentlich gerade machen?*

Man zieht sich die Schuhe lieber im Sitzen an, vorzugsweise auf einem nicht allzu niedrigen Hocker – damit man auch wieder gut hochkommt.

Man fühlt sich deppert, weil man es im Sportkurs nicht auf die Reihe kriegt, in musikalischer Bewegungsanimation beim dynamischen Überkreuzen der Beine – erst nach links, dann zurück nach rechts – auch noch irgendwas mit den Armen zu machen und zum Abschluss fesch in die Hände zu klatschen, man also alsbald irritiert im Turnsaal rumsteht, während der Rest der Gruppe weiterhampelt. Damit man nicht gar so sehr auffällt, klatscht man beim Doofrumstehen zum richtigen Zeitpunkt in die Hände. Wenigstens das klappt.

Man beteiligt sich an Gesprächen vermehrt mit fragwürdigen Einlassungen wie „Also, früher ...“ oder „In meiner Jugend ...“. Oder man erzählt ebensolche Früher-Geschichten ohne Aufforderung wieder und wieder und fragt sich jedes Mal, warum man die eigentlich noch nie erzählt hat.

Man blickt bei der ohnehin eher unwilligen Teilnahme an Feiern im Laufe des Abends immer öfter auf die Uhr

und fragt sich, ob es okay ist, gegen 22.30 Uhr so langsam aufzubrechen. Schließlich liegt man da sonst schon längst im Bett. Zumal man jetzt schon weiß, dass einem die zwei Gläser Wein und die Schlafverschiebung noch tagelang zu schaffen machen werden.

Man sieht staunend den jungspundigen Nichten hinterher, wie sie schwungvoll auf dem Longboard durch die Gegend sausen, will das auch mal ausprobieren und scheitert schon beim Drauf*stehen*. Das Brett fängt an zu rollen und zu wackeln und man selbst kriegt zittrige Beine und schwitzige Hände. *Hui, ist das hoch hier! Und schnell!* Die Nichten kichern, üben sich aber in Geduld. – Na ja, irgendwann kommen sie auch in mein Alter...

NUR KEINE HEKTIK

Verbeeilt

Manchmal hat man es eilig. Also im Sinne von: Man hat getrödelt und nun wird es langsam eng. Was da gar nicht hilft, ist, sich extra zu beeilen. Denn dann passiert Folgendes: Beim Ich-schmier-mir-noch-schnell-eine-Büroschnitte gerät selbige wegen fahriger Messerführung krumm und schief, macht man in der Hektik der Schnelle viel zu viel von der harten Butter ab, die dann beim Versuch, sie in Anschmiegsamkeit mit dem Brot zu bringen, runterfällt, in der Folge mit Fusseln garniert ist, was der Brotesserin nicht gefällt. Lässt man die Butter also weg, wirft noch schnell eine Scheibe Wurst zwischen die Schnittenhälften, packt alles in die Tasche und kann zum Schuheanziehen übergehen. Aber da man sich so beeilt, kriegt man – ganz im Gegensatz zu den sonstigen dreihundertnochwas Tagen im Jahr – auf einmal die Schleife nicht gebunden, verheddert sich mit zittrigen Fingern, wobei einem einfällt, dass man ganz vergessen hat, im Bad das Fenster zuzumachen. Muss man also da noch mal rein, aber vorher die halb angezogenen Schuhe wieder aus. Bricht man sich vor lauter Tempo fast die Finger, weil man die Badtürklinke im Schwunge des Laufs nicht so recht zu fassen bekam, die Geschwindigkeit der zugreifen wollenden Hand aber nicht mehr zu bremsen war. Irgendwann hat man es dann geschafft und verlässt das Haus. Total entnervt, gestresst und – vor lauter Hektik hat man sich nun noch mehr verspätet.

Kratzeschild

Eigentlich ist es ja kein Wunder, dass uns die Zeit immer davonrennt. Also, wenn man *mich* managen, in einen Rahmen pressen oder gar totschlagen wollte, würde ich auch weglaufen. Wenn es an Zeit mangelt, kann es aber auch einfach daran liegen, dass man ständig damit beschäftigt ist, mit der Zeitspar-App nach Gelegenheiten zu forschen, wie und wo man noch Zeit sparen könnte, um dann diese gesparte Zeit damit zu verbringen, die eingesparte Zeit zu verwalten und in Statistiken zu erfassen und andere Zeitspar-Applikationisten davon über zeitfressende Gruppenkonversationen in Kenntnis zu setzen und sich die Zeitsparerfolge der anderen mal im Vergleich … und so weiter. Eine App wird einen sicher daran erinnern, was man in den vergeudeten Minuten Wichtiges hätte tun können.

ABER: Es gibt noch ganz andere Zeiträuber – mal abgesehen von den sinnlos verstreichenden Sekunden, die man vor der fertigen, aber noch zuen Waschmaschine verbringt, bis sie endlich den Deckel mit einem Klick freigibt. Nämlich, und das habe ich neulich ganz ohne digitale Intelligenzia herausgefunden, handelt es sich um perfide Machenschaften der Textilindustrie. Ich finde es schon ziemlich verdächtig, dass diese kleinen Zettelchen in T-Shirts und Pullovern immer dermaßen unerhört fest und eng in der Nackennaht eingenäht sind und noch dazu aus einem äußerst foltrösen kratzelkantigen Material bestehen! Da hat man natürlich unweigerlich das Bedürfnis, das Ding zu entfernen. Aber machen Sie das mal, ohne hinterher ein Loch in der Obertrikotage zu haben. Das erfordert Geduld, Präzision, Adleraugen, Tageslicht oder Baustrahler und ein scharfes Taschenmesser. Und vor allem eines: Zeit! Die sitzt einem nach so einer noch schnell vor der Arbeit eingeschobenen Endlosfrickelei dann natürlich im Nacken. Aber wenigstens ist das doofe Kratzeschild weg.

Denkgedanke

Kennen Sie das? Diese große Leere im Kopf? Keine leere Leere, sondern vielmehr eine pralle Leere. Angeschwollen aus vielen kleinen Etwassen, die in ihrer Gesamtheit aber zu einem großen Nichts werden. Es ist wie ein leichter, in Zeitlupe fallender Regen: Tropfen auf Tropfen schwebt hernieder, keiner ist so recht zu fassen, kaum hat man ihn erspäht, ist er auch schon entwischt, aus dem Blick, zerplatzt oder versickert. Man möchte diesen Regen so gern kurz anhalten, um in Ruhe zu schauen, welcher Tropfen einem gefallen könnte, ihn näher betrachten, in der Hand drehen und wenden, ihn zur Seite legen und eine Weile für sich lassen, um sich ihm später noch einmal in Ruhe zuzuwenden. Aber nein, es regnet immerfort und platzt und schwindet. Und es bleibt – nichts.

Doch immerhin lässt sich auch darüber trefflich sinnieren, so dass man auf diese Weise am Ende doch wieder einen Gedanken erhascht hat, ihn zumindest als solchen benennen kann. Denn irgendwas braucht man doch, um darüber nachzudenken. Man kann doch nicht einfach nur so dasitzen und nichts denken. Wie sieht denn das aus?!

Wobei aber genau dieses ziellose Sich-versenken und Sinnieren (wenn auch allgemein nicht als echte Tätigkeit anerkannt) ein wunderbares Vergnügen sein kann. Dieses stille, innerliche Flanieren, das geräuschlose Formen von Worten und Gedanken, das Schauspiel der Tropfen … Man müsste sich dabei nur ein Schild umhängen: „Bitte nicht stören!“

Wohlklingende Saumseligkeit

Also, manchmal sind die Morgen aber auch extrem kurz. Obwohl sie so lang sind wie immer. Man steht wie immer auf, tut hier und da die üblichen Morgendinge, frühstückt nicht länger als gewöhnlich – und trotzdem ist man auf einmal in zeitlicher Bedrängnis. Wie das kommt, weiß man nicht. Meistens jedenfalls. Manchmal aber, da *muss* man einfach ein paar Minuten zu spät zur Arbeit kommen. Weil doch grad so ein interessantes Gespräch im Radio läuft und man keinen Kassettenrekorder mehr hat, um es in Abwesenheit aufzunehmen, und man ja sowieso aufgenommene Sachen genauso wenig später hören würde wie irgendwelche Mediatheken anklicken. Nein, was *jetzt* läuft, muss ich jetzt hören oder nie. Manchmal hat man auch gerade das unabwendbare Bedürfnis, eine bestimmte Musik einzulegen. Ja, ausgerechnet jetzt, an diesem Morgen, in diesen eigentlich schon zu späten Minuten, bevor man das Haus verlässt. Da kann man doch schlecht mitten im zweiten Satz von Dvořáks Sinfonie „Aus der Neuen Welt" die Stopptaste drücken, jetzt, da die Melodie so wunderschön fließt, die Töne sich so unglaublich innig und nahegehend auf- und abschwingen. Nein, da muss man noch schnell in Ruhe zu Ende hören.

Dafür tippt man den Text nachher auf Arbeit auch in beschleunigtem Tempo und holt das Zeitversäumnis wieder auf... rechnete das saumselige Milchmädchen.

Vögel gucken

Vergessen Sie Mega-Adventure-Event, Fun-Sport-Animation und sonstige organisierte Gruppenbespaßung – das kriegen Sie billiger und besser! Eine der famosesten Freizeitbeschäftigungen ist nämlich die: aus dem Fenster starren. Einfach nur so dasitzen, am Küchentisch oder auf dem Sofa, oder sich aufs Fensterbrett aufstützen, das Kinn auf die Arme gelegt oder den Kopf gegen die Scheibe gelehnt – so lässt es sich ganz wunderbar glotzen und träumen. Und ja, auch dazulernen. Von Interesse sind da weniger die gerade einkaufen gewesenen oder umziehenden oder plauschenden oder rummotzenden Straßenmitbenutzer. Der Blick zum Fenster hinaus gilt eher, sofern mindestens ein Baum, ein Strauch oder am besten ein bunter Garten in Sichtweite ist, den gefiederten

Schnabelwesen. Das mag jetzt komisch klingen, aber es ist richtig spannend, Vögeln beim Flattern, Futtersuchen und Arbeitsteilen, beim Sichranpirschen, Revierabsichern, Kokettieren und Beeindruckenwollen zuzugucken. Das ist große Unterhaltungskunst! Und bei angeklapptem Fenster gibt's das Ganze sogar mit Ton – grandios! Wenn so ein Tirilierkünstler erst mal loslegt und noch dazu andere Vögel imitiert, ist Heiterkeit garantiert. Na ja, bei mir jedenfalls ...

Manchmal bin ich mir nur nicht sicher, ob ich mir angesichts dieses schlichten Zeitvertreibs Sorgen um die Intaktheit meines geistigen Wohlbefindens machen muss. Allerdings: Wenn andere Leute ständig auf ihre Internettelefoniergeräte starren, während sie durch die Weltgeschichte blindgängern, kann ich auch auf Vögel starren.

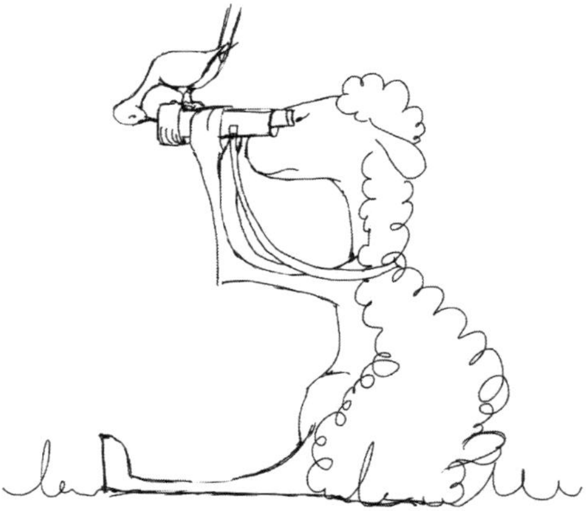

Große Leere

Drei Wochen ohne Nachrichten – das geht tatsächlich. Erst war es noch ein bisschen absichtlich, ich wollte einfach keine Zeitung lesen und keine Nachrichten hören oder sehen, weil noch so viel anderes in meinem Inneren umherschwirrte. Das Weltgeschehen wäre da grad fehl am Platze gewesen. Dann jedoch gingen die Tage des Drei-Wochen-Daseins über in den Mußemodus. Getragen vom angenehm überschaubaren Rhythmus aus Schlafen, Essen, Lesen, Ausflügemachen. Die Erkenntnis, dass sich in meinem Kopf anscheinend gerade eine große Leere und Unbedarftheit breitmachte, erschreckte mich nur kurz. Dann ließ ich sie gewähren. Anregende Gespräche fanden so natürlich auch eher in abgespeckter Version statt, oft war es nur ein „Ja …“ oder „Hm …“, das ich als Beitrag zur Zweierkonversation zu liefern imstande war. Alles andere war mir einfach zu kompliziert, zu anstrengend, zu redundant. Und bis so ein wohlformulierter Gedanke überhaupt mal fertig ist, ist das Thema ja schon wieder in Wellentosen und Blätterrauschen am Küstenpfad verschwunden. Die auf diese Weise herbeigeführte Gehirn-Auszeit wurde nun noch dadurch verstärkt, dass ich keine Armbanduhr bei mir hatte. Wozu auch? Essen kann man, wenn man Hunger hat, losfahren, wenn einem danach ist, fertig wandern, wenn man nicht mehr kann, und schlafen gehen, wenn man müde ist. Und wenn man dann trotzdem mal das Bedürfnis hat, statt Nachrichten die Uhrzeit wissen zu wollen, hat man ja zum Glück noch die Urlaubsbegleitperson in der Nähe.

Wartezeit

Was macht man so, wenn man im Wartezimmer sitzt? Lesen? Geht nicht. Wer kann sich bei dem vielen Rein und Raus und dem daraus resultierenden, aus Höflichkeit erforderlichen, unablässigen „Morgen“ und „Wiederseh‘n“ schon aufs Lesen konzentrieren? Mal ganz abgesehen davon, dass man die bereitliegende Lektüre lieber nicht zur Hand nehmen möchte, fragt man sich doch, welche Keime sich darauf und darin wohl gerade tummeln. Also hört man einfach den Wortwechseln samt Beschwerdebeschreibung und Rezeptwünschen am Tresen zu oder schielt auf die Whatsapp-Nachrichten der benachbarten Wartenden. Ist man dann nach ausreichend Rumgesitze im „Patient, ärger dich nicht“-Spiel einen Raum weitergerückt, muss man sich im Blutdruck messen. Dass man diesem Ergebnis grundlos mit einigermaßen Anspannung entgegenfiebert, hilft der Wert-Normalität sicher nur bedingt, zumal das Ganze auch Wettbewerbscharakter hat – der nächste Mitwartende sitzt ja gleich dabei und da will man natürlich mithalten können. Schließlich dann hat man es auf die Pole-Position ins Arztzimmer geschafft – nur der Arzt fehlt noch, bleibt einem hier also noch Zeit zum Probehusten und Formulierungensuchen. Diese kurze Weile kann man abermals bereichern, und zwar durch die Lektüre eines auf der Patientenseite des Arztschreibtischs liegenden Buches. Allerdings verpeinlicht es einem die offene Sprechzimmertür, die abgebildeten Yoga- und Entspannungsübungen gleich an Ort und Stelle auszuprobieren. Vielleicht kann man sich das Buch ja mal ausleihen. Dann hätte man beim nächsten Mal auch gleich was zum Lesen im Wartezimmer dabei.

Schwarz-weiß

Was heutzutage Sharing heißt (ob Car-, Food- oder Job-), hieß früher einfach „teilen" oder „borgen" (Der Nachbar vernahm dann akustisch vermutlich Folgendes: Kannichma deine Bohrmaschine hahm? Oder: Habtafilleicht ne Zwiebel?). Der Mensch teilt und borgt sich Dinge, die er entweder allein nicht aufbrauchen würde oder einfach nur sehr selten benutzt. Diesbezüglich einzuordnen ist auch eine vorfeierabendliche Büroplauderei von neulich:

Kollege: „Ich muss heute Abend noch Wäsche waschen."

Ich: „Ich auch. Ich hab Schwarz."

Kollege: „Ich Weiß."

Aus dem dann folgenden, irgendwie enttäuscht klingenden „Ach, das passt ja nicht zusammen" wurde letztlich aber ein leicht trotziges, dem Sharing-Gedanken Rechnung tragendes *Doch!* mitsamt allen kreativen Möglichkeiten dieser inkompatiblen Wäschemelange: Schwarz-weiß gestreift, gepunktet, kariert, womöglich sogar das Muster einer Klaviertastatur! Nur leider, so stellten wir resigniert fest, gibt es für so was ja keine Programmknöpfe auf den Waschmaschinen. Aber wenn, dann sähe man dies: Wir zwei sitzen vor seiner Waschmaschine (meine hat nämlich kein Guckfenster), glotzen in das gläserne Glubschauge, hinter dem sich in einem psychedelischen Schwarz-Weiß-Strudel unsere Wäsche dreht. Wie Fernsehen für nostalgische Puristen: nur ein Gerät, nur ein Programm, keine Werbung. Toll.

Pause, bitte!

Wer mitten beim Dessert vom Tisch aufspringt, das Konzert vor der letzten Zugabe verlässt, den Epilog im Roman außer Acht lässt, dem sei auch mit Nachsicht begegnet, wenn er den Abspann des Kinofilms ignoriert (obwohl da manchmal noch richtig lustige Sachen passieren!) und vorzeitig aus dem noch dunklen, atmosphärischen Saal flüchtet. Die Menschen haben einfach keine Geduld mehr. Pausen und Stille halten sie erst recht nicht aus. Passiert kurz mal nichts oder nicht viel, kommt innere Unruhe auf. Kein Ton, kein Geflimmer, keine Info? Die Angst vor dem akustischen Nichts ist arg. Zehn Sekunden Stille kommen einem großen Verlorensein gleich.

Dieser Defekt wird leider auch im Radio gehegt, wo Lieder wegen des nächsten Gute-Laune-Anfalls der Moderatoren ja schon lange nicht mehr zu Ende gespielt werden und ihnen neuerdings auch in normalgelaunten Sendern sogar in die Anfangstöne reingequatscht wird. Selbst im klassischen Konzert, dem letzten Refugium der Pause, muss man mittlerweile Angst haben – vor dem Publikum. Kaum, dass der letzte Ton angeschlagen, klatscht es los. Jeder will Erster sein! Die Pause nach dem Schlussakkord, bevor der Dirigent den Taktstock sinken lässt, wird übertost. Und was nur trieb den unrühmlichen Konzertbesucher in der festlich vollen Philharmonie, mitten ins letzte Seufzen der schmerzlich-gefühlvoll singenden Solistin ein deplatziertes „Bravo!“ hineinzuplauzen? Für manche Menschen wünscht man sich einfach mal eine Pause-Taste.

Wenn…

Wenn man beim Frühstück die arg malträtierte Butter anstiert und denkt „Sieht aus wie ein erosionsgeplagter Boulderfelsen". …

Wenn man an einem Firmenfahrzeug „Katholischer Korrosionsschutz" liest, um beim Sichvergewissern festzustellen, dass da „Kathodischer" steht.

Wenn man beim Lesen einer Küchenkolumne über Salbei selbigen gar nicht so recht beaufmerksamkeitet, weil einen vielmehr die Randnotiz fesselt, dass die Köchin neuerdings EU-Parlamentarierin ist …

Wenn man den in der Luft umherfühlernden Bohnenranken hinbiegungsvoll beim Auffinden der haltgebenden Bohnenstange behilflich ist …

Wenn man vor den eigenen Notizen sitzt und der Blick zwischen Notizbuch und leerem Bildschirmdokument hin- und herschwenkt, ohne dass man wüsste, wie nun weiter …

Wenn man am Mittsommertag feststellt, dass man den Schoko-Osterhasen auf dem Schreibtisch jetzt dann doch mal wegstellen oder besser gleich aufessen könnte …

Wenn man sich freut, dass man auf dem chinesisch tätowierten voluminösen Unterarm vor sich an der Bäckertheke immerhin das Schriftzeichen für Fisch erkannt hat und noch Tage später rätselt, ob das jetzt ein Kochrezept war …

… dann ist man an der ein oder andern Stelle gewiss ein bisschen verpeilt, kommt sich hier und da ein wenig simpel vor, aber im Großen und Ganzen ist wohl alles in Ordnung.

AUF DER GOLDWAAGE

Hallo, Verb

Ist es eigentlich unhöflich und indiskret, die Smartphone-Kommunikation fremder Menschen mitzulesen, die im Wartezimmer oder im ÖPNV neben einem sitzen und ihren bläulich leuchtenden digitalen Handersatz derart in die Umluft halten, dass man nicht umhinkommt, eben dies zu tun: draufgucken und mitlesen?! Wollte man sich diesem Sog entziehen, wüsste man heutzutage ja auch schon bald gar nicht mehr, wo man überhaupt noch hingucken soll. Als Wundertüte aus der Kleinstadt hat man beim Großstadtausflug vor allem im sedierenden Untergrundbahngeschaukel reichlich Gelegenheit zur stillen Teilhabe an der Tipp-und-Wisch-Korrespondenz. So erspäht man auf der neben einem sitzenden grell schimmernden Unterhaltungsanzeige folgende unfertige Frage: „Dürfen Jan und ich noch ein Schälchen Chips?" Die so Angesprochene weiß wohl, was gemeint ist und verweist behände tippend auf das „Bügelbrett gleich am Fenster".

Die uninvolvierte Mitleserin fragt sich angesichts dieser enigmatischen Auskunft noch einige Zeit später: Was wollten „Jan und ich" mit dem Schälchen Chips denn tun? Doch nicht etwa bügeln?! Wollten sie es verstecken? Leeren? Aus dem Fenster werfen? Zum Flohmarkt bringen? Dem Nachbarn vor die Tür stellen? Dem eingenickten Opa über den Kopf stülpen? Oder war plötzlich der Wortschatz alle?

Nun, zu Erziehungszwecken hätte ich an Stelle meiner Sitznachbarin eine mokante Gegenfrage ins Handy getippt: „Darf ich noch 'n Verb?"

Salz und Liebe

Liebe geht durch den Magen, heißt es. Dabei empfiehlt es sich, es bei der einen selbst betreffenden Liebe zu belassen. Denn geht einem fremder Leute Liebe durch den Magen, ist das meistens nicht schön. Weil: versalzen. So wie neulich. Da reichte weder die Zeit noch die Liebe der Verfasserin dieser Zeilen, um sich für den nächsten Tag selbst etwas für die Büromittagspause zu kochen. Also wurde zur lukullisch-energetischen Erbauung etwas Fremdgekochtes gekauft. Etwas leider Versalzenes. Was in der Runde der Umsitzenden mit Beteiligung der Essensprotagonistin zu folgendem, an heiterer Lakonie kaum zu überbietenden Kurzmultilog führte: „War der Koch wohl verliebt." „Ja, oder unfähig." „Oder vor lauter Liebe unfähig." „Oder aber unfähig zur Liebe." „Oder in seine eigene Unfähigkeit verliebt." Wie auch immer. Ich war unfähig, mich in dieses versalzene Essen zu verlieben. Und gönnte mir zum Trost einen herrlich süßen Schokoriegel.

Kaputtgeklaut

Dass Supermärkte über eine Kundentoilette verfügen, ist in manchen Ländern selbstverständlich, hierzulande eher Zufall. Aber wenn es dann mal eine gibt, ergeht es ihr oft wie den Zugtoiletten: Sie funktioniert nicht oder entzieht sich dem Benutztwerden durch ästhetisch-olfaktorische Abwehrkräfte. Manchmal ist sie aber auch einfach nur zu. Gründe erfährt man nicht. Umso löblicher das Beispiel, das mir jüngst auffiel. Das Zusein des Kaufhallen-WCs wurde so erklärt: „Wegen Diebstahl und daraus folgendem Vandalismus geschlossen!!!!!“ Nicht nur die Anzahl der Ausrufezeichen fand ich bemerkenswert, sondern vor allem die Reihenfolge der Ereignisse: erst Diebstahl, dann Vandalismus. Was da wohl passiert ist? Nach kurzem Nachdenken schien mir der hier stattgefundene Wutausbruch erklärlich: Was soll man denn machen, wenn das Klopapier oder gar das Klo selbst geklaut worden ist? Da kann man schon mal die Fassung verlieren, wenn man hinter der Erleichterung versprechenden Tür einen bestürzenden Mangel oder gar ein dem Zwecke nicht dienliches Nichts vorfindet.

Sollten Diebstahl und Vandalismus allerdings von ein und derselben Person ausgeführt worden sein, ist das inakzeptabel. Warum muss man denn, wenn man etwas klaut, auch gleich noch randalieren? So einem Räubervandalen gehört eine Lektion erteilt! Und die sitzt er nun wahrscheinlich hinter der zu-en Tür aus. Bis er mal muss.

Schirmherrlich

Sich selbst zu fragen, ist zwar ein beliebter Zeitvertreib, bringt aber erfahrungsgemäß in Sachen verwertbare Antwort meistens nichts. Doch Erfahrungen sind dazu da, ignoriert zu werden, und so frage ich mich seit Jahren schon, was eigentlich Schirmherren so machen. Schirmherrschaft – das klingt ja einerseits so unschön rigoros-autoritär, angesichts des zu beherrschenden Gegenstands allerdings auch irgendwie ulkig. Dabei ist es in der Tat kein ganz leichter Job, oh nein! Jeder weiß ja, wie verflixt es sein kann, bei Wind und Wetter die Herrschaft über seinen Schirm zu erlangen, geschweige denn zu bewahren. Erst geht er nicht auf, dann biegt sich die segmentierte Kuppel vom Konkaven ins Konvexe, dann haut's einem die Haltestange gegen die Brille und schließlich bricht ein

Strebengelenk nach dem anderen, so dass man irgendwann nur noch ein schlaff flatterndes Stoffdings über sich hält, das kaum geeignet ist, einen vor den meteorologischen Ärgernissen zu bewahren. Mit seriös herrschaftlicher Grandezza hat das dann auch nicht mehr viel zu tun.

Doch in solcherlei Scherereien gerät eben nur, wer einen Schirm dabei hat. Wer nicht, der – ja, der freut sich über die Anwesenheit eines real existierenden Schirmherren. Hätte mir ein solcher nicht anlässlich eines stoisch prasselnden Regens den Platz an seiner parapluieschigen Seite angeboten, die journalistischen Notizen wären zum künstlerisch wenig wertvollen Aquarell geworden – und die Notiererin selbst zu einem vollgesogenen Häufchen Elend.

Lügen pressen

Die Schwarmintelligenz (deren IQ an dieser Stelle nicht bewertet werden soll) bringt doch sonderbare Dinge hervor. Manche schaffen es sogar bis zur Titelverleihung, wie es alljährlich bei der Kürung des Unwortes des Jahres geschieht. Eine dieser gern als Schimpfwort gebrauchten, wiederaufgewärmten Wortschöpfungen aus düsteren Zeiten voller rollender Rs hat eine wertschätzendere Betrachtung verdient als bislang geschehen: die Lügenpresse. Ich finde, das wäre gar keine schlechte Erfindung, wenn sie denn endlich mal jemand bauen würde! Ich weiß nicht, wie solch ein Apparat aussehen könnte, mir schwebt da so ein Gutenbergsches Modell vor, aber die Konstrukteure von heute hätten sicher grazilere und leichter zu handhabende Geräte in petto. Nur müsste es halt doch ein robuster Kasten sein, der allen fetten, fiesen und furchtbaren Lügen gewachsen ist. Mit einer gut gebauten Lügenpresse wäre dem Land wohlgedient: Was könnte man nicht allerherrlichst am laufenden Band Lügen bis zur Unkenntlichkeit zusammenquetschen, dass sie am Ende nur noch eines sind: so flach und unnütz wie in ihrem Entstehungsmoment. Dennoch bräuchte man wohl für all die gepressten Lügen, die da produziert werden, schließlich einen sicheren, vor allem wind- und wasserdichten Lagerplatz. Die Suche nach einem Endlager müsste interkontinental erfolgen. Einzige Bedingung: unterirdisch. Gaanz, gaanz unterirdisch.

Gender-Gap oder: Parklücke für Frauen

Frauenparkplatz ... Nein, das ist leider nicht das nächste Unwort des Jahres und auch nicht die holprige Übersetzung für Gender-Gap, aber eine höchst seltsame Erfindung, die Fragen aufwirft. Können hier Männer, die auch mal ungestört im Kaufhaus stöbern wollen, solange ihre Frauen abstellen? Oder ist es eine Trainingsmaßnahme für Frauen, die nur zu gern Krimskrams kaufen, sich zum Zwecke des Entzugs dort hinzustellen und zu versuchen, trotz der verlockenden Nähe zur Konsumstätte so lange wie möglich dem Sog nach drinnen zu widerstehen? Oder dient die Beschilderung als eine Art Sammelpunkt für Schaulustige, die mal sehen wollen, wie Frauen einparken, was man ihnen ja unterstellt, nicht zu können? Fällt die Parklücke womöglich deshalb auch so ungewöhnlich breit aus? Oder ist das eher wegen der vielen Taschen und Tüten und Päckchen, mit denen Frauen, die ja natürlich beim Shoppen nicht an sich halten können, am Ende wieder zum Auto zurückkehren? Anscheinend traut man den Frauen also noch nicht einmal zu, in normalen Parklücken ihre Einkäufe unfallfrei zu verstauen. Und überhaupt: Wo bleiben die ultra-engen und schwer einzusehenden, schlagloch-übersäten, ganz weit weggen unbeleuchteten Männerparkplätze, so echte Herausforderungen halt?

Wie auch immer: Ich nahm – ungewollt über das zu befahrende Phänomen sinnierend – die Einfahrt zur Frauenparklücke mit großzügigem Schwung und hielt schön mittig an. Unfallfrei, juchu! Der Einkauf endete dann allerdings ganz ohne Tüten und Taschen. Und geguckt hat auch keiner. Blöder Frauenparkplatz!

Seltsame Saat

Die Bewegung an frischer Luft ist bekanntlich nicht nur Gesundheit und Wohlbefinden zuträglich, sondern fördert zuweilen auch so manche kreative Eingebung oder überraschende Erkenntnis zutage. Meist sind es nur Kleinigkeiten, die einem da während des spazierenden oder radelnden Körper-durch-die-Gegend-Bewegens so durch den Kopf gehen. Neulich aber war ich regelrecht von unerwartetem Wissenszuwachs beflügelt, als mich mein Weg an einem abgeernteten und frisch gepflügten Acker vorbeiführte. Beschriftete Schilder waren in die spätsommerliche Krume gesteckt. Natürlich wollte ich wissen, was dort demnächst herauswachsen würde. Und war nicht wenig erstaunt, unter anderem zu lesen: *Mercedes*, *Leopard* und sogar *Nimbus*. Donnerwetter, was heute in der Landwirtschaft so alles geht! Ganz nebenbei werden hier die alten Sorten Autoindustrie, Bundeswehrpanzer und Sakraltradition bewahrt. – Und wo kann man das dann kaufen?

Vor der Tür ist was los

In diesen Tagen möchte man am liebsten gar nicht vor die Tür. Da ist einfach zu viel Trubel, das lässt einem irgendwie unbehaglich zumute sein. Wer sich da nicht alles rumtreibt! Erst hieß es, der Herbst steht vor der Tür (und allem Anschein nach steht er da auch noch), nun auf einmal soll der Winter da auch stehen, aber dann drängelt auch schon der Advent rum und irgendwer sagte doch neulich, Weihnachten steht vor der Tür. Mannmannmann, da ist was los. Und man weiß ja gar nicht so recht, was von einem erwartet wird, da man sich *hinter* der Tür befindet. Wollen die alle rein? Wollen sie was Süßes? Oder ein Heißgetränk? Haben sie Staubsauger und Teppiche im Angebot? Oder soll man nur mal rauswinken? Sie klingeln nicht, sie lärmen und pöbeln nicht, werfen keine Steinchen ans Fenster ... Wenn man es recht betrachtet, hat dieses stumme Vor-der-Tür-Stehen schon was Unheimliches. Aber deswegen die Polizei rufen? Klänge wohl irgendwie ein bisschen gaga: „Guten Abend, ich wohne hier in der Soundso-Straße und wollte nur mal darauf hinweisen, dass hier der Winter vor der Tür steht, das kommt mir komisch vor. Könnten Sie da mal nach dem Rechten schauen?"

Und was wäre das dann erst, wenn auch noch die Polizei vor der Tür steht! Ich glaub, *dann* wäre es ratsam, wirklich langsam mal aufzumachen ...

Fragliches

Wenn man so in manche Tage hineinhört oder -schaut, kann man schon ins Grübeln geraten. Da war doch neulich im Radio plötzlich von „Datenbänken“ die Rede. Die Hörerin stutzte ob des unerwartet erlauschten Plurals, denn heißt es nicht „Datenbanken“? Wohl je nachdem, was die Daten da so machen auf der Bank: sich einfach ein bisschen ausruhen, faulenzen und rumgucken? Oder richtig ranklotzen, sich austauschen, hin- und herwuseln, geschäftig sein? Das müsste man mal ergründen.

Interessant wäre auch zu erfahren, wie ein oftmals auf Speisekarten offerierter „knackig gemischter Salat“ zustande kommt. Da fragt man sich doch, wie die es in der Küche hinbekommen haben, aus durchgelegenem, labbrigem Grünzeug allein durch beherztes Vermengen wieder bissfestes Gemüse werden zu lassen. Oder stand vielmehr der wohlproportionierte, durchtrainierte Koch leicht bekleidet und leicht lasziv an der Anrichte, während er da so den Salat mischte? Man weiß es nicht.

Genauso wenig weiß man, ob Schleierwolken die untrüglichen Vorboten der Islamisierung des Abendlandes sind.

Gern würde ich auch endlich mal erfahren, wo genau sich eigentlich der „Weg der Besserung“ befindet und ob der nur für Katholiken zugänglich ist oder auch für unkatholische Politiker im Wahlkampfmodus oder sonstige selbstkritische Zeitgenossen?

Und muss man sich eigentlich eine Fahrkarte kaufen, wenn man im Durchzug sitzen will?

Fragen über Fragen.

Zeitnah

Wie nah an der Zeit ist „zeitnah"? Dazu müsste man wissen: Wo befindet sich die Zeit? Wie nähere ich mich ihr an? Bewegt sie sich derweil fort, muss ich also demzufolge schneller als die Zeit sein? Wie schnell aber ist die Zeit? Wir wissen nur: Sie läuft und rennt uns davon (Sie hält wohl nichts von unseren Annäherungsversuchen). Und im schlimmsten Fall vertreiben wir sie oder schlagen sie gar tot. Dazu immerhin muss man schon ganz schön nah dran sein an der Zeit!

PS: Vorschläge, wie die Lücke, die bei der Entsorgung von „zeitnah" entsteht, ausgefüllt werden könnte: *zügig, rechtzeitig, bald, alsbald, demnächst, prompt, rasch, unverzüglich, gleich, sofort, jetzt, ohne Aufschub, im Handumdrehen ...*

Schweig, Käse!

Ich hab‘ das irgendwo in den Genen: leicht spöttelnd neunmalklug sein. Bereitet immer wieder Vergnügen. Widmen wir uns an dieser Stelle nur mal den kurios angeschrägten Sprichwörtern und Redewendungen. Da kriegt man zum Beispiel zu hören, wie jemand ein Thema aufs Trapez bringen will (Alle Achtung vor dieser akrobatischen Leistung!), oder dass jemandem die Hutschnur platzt (dieses dicke, aufgequollene Ding aber auch!) oder dass Dinge unter den Tisch gekehrt werden (joa, da sind sie ja auch suuuper gut versteckt). Vor Missgriffen und verqueren Sprichwort-Mixturen ist man eben nicht gefeit. Aber wir wollen nicht kleinlich sein und das als liebenswerte Marotten mit Amüsanzpotenzial tolerieren.

Was mich aber verunsichert, ist, wenn Leute meinen, etwas sei „löchrig wie ein Schweizer Käse“. Da muss man schon präziser sein: Handelt es sich um einen Emmentaler, kann ich das ja noch nachvollziehen. Der hat ganz ordentliche Löcher. Aber immerhin nicht so viele, dass die verbleibende Käse-Masse keinen Zusammenhalt mehr hätte. Die Durchsichtigkeit und der Auseinanderfall droht also höchstens in demnächstiger Ferne einzutreten.

Bei einem Appenzeller oder Raclette-Käse sieht das schon anders aus. Die haben gerade mal so zwei bis drei Löcher pro Scheibe. Ist also gar nicht *so* durchlässig das Ganze. Was will der Vergleichsverwender uns hiermit also sagen? Dass die Gefahr besteht, dass im ungünstigsten Falle, aber nur bei Treffsicherheit, etwas durchsickern könnte?

Und ganz schlimm beim Tête de Moine oder beim Greyerzer: Null Löcher! Im Anwendungsfalle also würde

„Löchrig wie ein Schweizer Käse" bedeuten: Die halten dicht!

Oder nehmen wir einen Tomme: das ist ein Weichkäse. Cremig. Da sind die Löcher quasi zugepastet. „Löchrig wie ein Tomme" – also gar nicht löchrig, aber irgendwie doch, weil: geschmiert?

Sprache ist echt schwierig. Am besten, man schweigt. Wie ein Schweizer Käse.

DIE CORONA-CHRONIKEN

2. März - **Virus for future**

Wir müssen das jetzt nur noch ein paar Monate durchhalten. Denn die Corona-Vorsicht/-Angst/-Hysterie hat definitiv was Gutes. Für unsere Zukunft. Führt sie doch dazu, dass jetzt alle ein bisschen weniger in der Weltgeschichte rumreisen und vor allem -fliegen (komischerweise funktioniert das bei einem Virus, das genauso unsichtbar ist wie, aber viel harmloser als eine Kohlendioxidüberdosis, viel besser und fast schon freiwillig).

Jedenfalls dürfte die CO_2-Bilanz für dieses Jahr richtig gut ausfallen. Und wir können uns dann 2021 erleichtert auf die Schultern klopfen und verkünden: Werte reduziert, Klimaziel erreicht! Und dann ist endlich und schneller als gedacht dieser doofe erfundene Klimawandel widerlegt. Und alle, die den Kampf gegen die Gleichgültigkeit gegenüber der Erderhitzung für das spleenige Hobby einer schwedischen jungen Frau samt ihrer Poesiealbumfreundinnen halten, können endlich wieder freien Herzens hämisch grinsen und herumemittieren und sich noch ekelhaftere Autoaufkleberspsrüche ans Heck kleben.

Wie gesagt, wir müssen nur noch ein ganz bisschen aushalten und dann – wrrroaaammm, ab in den Süden!

6. März - **Hände weg**

Eigentlich bin ich ja eine Freundin, nun, nicht des Hände*schüttelns*, aber des Hände*gebens*. Zur Begrüßung den Mitmenschen mit dieser persönlichen Geste, die gleich eine gewisse Nähe und Verbundenheit schafft, wahrzunehmen – das hat schon was. Es ist nicht die schlechteste Sitte. Doch könnte das Coronavirus dazu führen, dass sie bald zu den Erzählungen gehört, die mit „Weißt du noch, damals …?“ beginnen. Und obwohl ich ja zu nostalgisch-renitentem Trotz neige, muss ich sagen, es wäre gar nicht mal so schlimm. Denn es wären andere, neue Formen des Begrüßungsrituals gefragt – kontaktlos und doch näheschaffend. Da bietet sich für einen kurzen Stillstandsmoment ein freundlicher, offener Blick in die Augen des anderen an, gern verbunden mit einer Verbalisierung des Grußes wie bislang. Oder aber man könnte sich die leicht geneigte Verbeugung der Japaner zum Vorbild nehmen – eine schöne, friedliche Geste, baut sie doch nicht auf Vereinnahmung, sondern zeigt durch den kurzen Blickkontaktverlust das Vertrauen ins Gegenüber an.

Und nicht zuletzt bewahrten uns derartige Formen der Begrüßung nicht nur vor fremden, kalten, weichen Schweißhänden, sondern auch vor der zuweilen brutalen Handquetscherei mancher Mitmenschen, die solcherlei physische Übertreibung mit festem Charakter verwechseln.

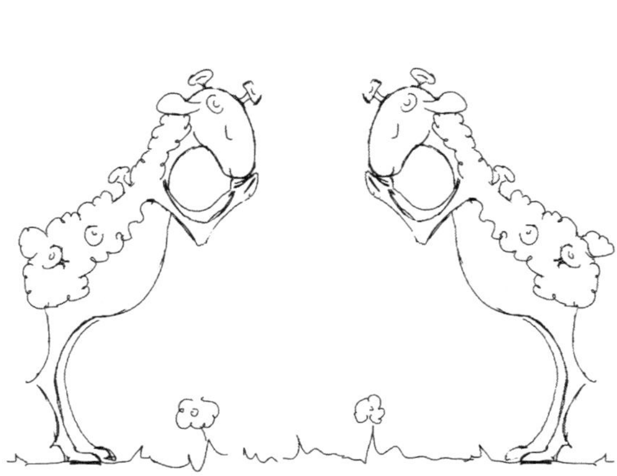

25. März - **Nur Corona im Kopf**

Zusammenhängende, geschweige denn interessante oder gar schöne Gedanken sind in meiner Schaltzentrale zurzeit irgendwie nicht aufzutreiben. Es rumpelt alles so coronös durcheinander. Lesen Sie selbst:

- Frisch eingetroffen – der neue Fastentrend: „7 Gedanken ohne... Corona“
- Grammatikalischer Disput unter Viren: der! das! der! das! der! das! der! das!...
- Noch nie seit dem Mauerfall haben so viele Menschen im HO* gearbeitet wie in Corona-Zeiten. Das Murren darüber jedoch ist wie ehedem.
- Für Verschwörungstheoretiker: Coronavirus, wer hat‘s erfunden? Greta natürlich! Die ganze Streikerei bringt doch nichts.
- Corona – jetzt melden sich die Gemälde-Heiligen zu Wort: „Wir haben das schon viel länger als ihr!“
- In Zeiten verhamsterter Klopapierknappheit macht sich ein Print-Abo durchaus bezahlt (sofern man die ausgelesene Zeitung nicht gleich entsorgt): Oder würden Sie etwa in Erwägung ziehen, sich am Ende der letzten Rolle mit dem E-Paper zu behelfen?**

* *neuostdeutsche, soeben erfundene Abkürzung für Home-Office*

** *Diese Zeilen wurden nicht von meinem Arbeitgeber gesponsert, gefordert oder in Auftrag gegeben.*

26. März - **Bleibt! Mir! Vom! Leib!**

Exklusive Einblicke in das Labor der Abstandshaltererfinderin

Darf man in wirklich ernsten Zeiten wie diesen noch lachen? Oder gar sich lustig machen? Über die ernsten Zeiten und ihre Begleiterscheinungen? Ich finde: Ja! Unbedingt! Es heißt ja nicht, dass man sich des Ernstes nicht bewusst ist – ganz im Gegenteil. Und manchmal wird man regelrecht dazu gezwungen, sich mit Galgenhumor gegen alle Unbill zu wappnen. Nehmen wir nur mal das Abstandsgebot. Ohne Linien und Markierungen geht es nicht, denn wer weiß schon, wie viel genau eigentlich 1,50 Meter sind? Die Probe aufs Exempel brachte mir die Erkenntnis: mehr, als man denkt!Ich habe es für die Versuchsanordnung unter privaten Laborbedingungen recht einfach: Da ich 1,60 Meter groß bin, markiere ich

zunächst meinen Standpunkt auf dem heimischen Wohnzimmerteppich mit einem Gegenstand wie zum Beispiel einem Hausschuh, lasse mich dann einfach der Länge nach nach vorn fallen (ja, gut, oder knie mich ächzend in Liegeposition), markiere den zweiten Messpunkt ungefähr auf Höhe der Ohr-Oberkante mit einem weiteren Gegenstand, stehe wieder auf und betrachte erkenntnisgerüttelt die abgesteckte Länge.

Die hinzugezogene Haushalts-und-Lebensmitbewältigerin und ich stellen uns nun an den jeweiligen Messpunkten einander gegenüber auf und gucken doppelstaunend: Hui, 1,50 Meter sind ganz schön viel! Und das ist ja nur der mindeste Mindestabstand. Den hat aber einfach niemand im Griff. Manche aus mathematischer Unkenntnis, manche aus Gedankenlosigkeit, manche aus Ignoranz.

Und solche soeben beschriebenen Experimentalvermessungen bieten sich im öffentlichen Raum zudem eher weniger an. Also: rücken einem die Leute einfach immer auf die Pelle. Nach vorne hin hat man das in einer Warteschlange oder beim Im-Regal- Stöbern ja selbst ganz gut im Griff, aber nach hinten hat man keine Kontrolle. Und darum sollte man sich angesichts der besonderen Lage nicht vor besonderen Mitteln scheuen, um den Abstand mit Anstand zu wahren: Selbstgebastelte Abstandshalter könnten der Renner dieser Tage werden. Ein paar seien hier nach provisorischer Testung unter Laborbedingungen bekanntgemacht:

Warnweste mit individueller Botschaft *Vorteil:* Macht erst mal neugierig, verleitet zum Lesen, was dort mitgeteilt wird, nämlich in meinem Fall: „1,50 Meter sind mehr, als man denkt"). *Nachteil:* Könnte sich in der Aufmerksamkeitserheischung schnell abnutzen, wenn jeder so was trägt.

Zollstock *Vorteil:* zusammenklappbar, messtechnisch exakt und anschaulich. *Nachteil:* etwas labil in der einhändigen Halteposition.

Wander-/Nordic-Walking- Stock *Vorteil:* fällt als gesellschaftlich akzeptiertes Accessoire nicht so auf, praktische Teleskop-Verlängerung binnen Sekunden auf Maximallänge von so gut wie 1,50 Meter. *Nachteil:* Könnte als waffenähnlicher Gegenstand missverstanden werden.

Besen/Schrubber *Vorteil:* Kommen zwar nicht ganz auf 1,50 Meter, aber sind ja auch sonst von praktischem Nutzen. *Nachteil:* Unhandlich in der Mitführung im öffentlichen Raum.

Weitere mögliche Notvarianten

Fahrrad *Vorteil:* Man hat immer eine sichtbare Barriere dabei und kann zur Not schnell davonfahren. *Nachteil:* Bietet (außer beim Tandem) nicht den 1,50-Meter- Abstand nach hinten. Außerdem könnte man in Supermärkten Probleme bekommen, wenn man dort nur samt seines Rades Einlass begehrte.

Böser Hund an langer Leine *Vorteil*: funktioniert immer *Nachteil:* nichts für Selbst-keine-Hunde-Mögerinnen

Basteleien: Wer genug Klopapier hat, sollte die Binnenrollen nicht wegwerfen, sondern könnte sie aneinanderkleben, bis die Länge von 1,50 Meter erreicht ist. Bunt bemalen, bekleben, beschriften... Warum nicht? Allerdings braucht man bei der Rollennormhöhe von 9,5 Zentimetern 16 Rollen – könnte unelegant wirken und unpraktisch sein. Aber: Man ist mit der Friemelei erst mal eine Weile beschäftigt.

Oder: Derzeit arbeitslose Schwimmnudeln (wie lang sind die eigentlich?) können in einem strahlenförmigen Kranz (Corona!!) an einem breiten Gurt/Band um die Hüfte befestigt werden (irgendwie) und schon geht's entspannt zum Einkaufen – gibt garantiert genug Platz um einen herum. Aber passt man damit auch durch die Regalreihen und überhaupt durch die Eingangstür der Kaufhalle?

Egal, nur Mut und einfach mal alles ausprobieren!

Ich wünsche viel Spaß und deklamiere selbstbewusst trendig: Abstandhalten ist das neue Facebook. Und braucht keinen Strom.

28. März - **Kriselst du noch oder liest du schon?**

Im Grunde sind anlassbezogene Bücher ja Quatsch. Frühlingsbücher, Geburtstagsgeschenkbuch, Strandlektüre ... warum? Schließlich kann man immer überall jederzeit alles lesen. Höchstens gibt es Launenlektüre, denn manchmal ist man für bestimmte Bücher einfach nicht in der Stimmung oder der passenden Lebensphase. ABER: Was es auf jeden Fall gibt, ist Quarantänelektüre.

Da reicht es oft sogar schon, sich einfach nur den Titel anzusehen und durchs Gemüt wandern zu lassen. Der Rundgang durch die heimische Bibliothek mit allem angestauten Aus- oder Nochnichtgelesenen bietet eine erstaunliche Corona-Quarantäne-taugliche Vielfalt.

Schauen wir doch mal:

Allein die **„Nestwärme"** (Ernst-Paul Dörfler) wird irgendwann nicht mehr genügen. Da brauchen die diversen unter einem Dach zusammengepferchten Familienmitglieder heute mehr denn je **„Ein Zimmer für sich allein“** (Virginia Woolf). Wo? Natürlich **„Zuhause“** (Kristof Magnusson). Und wann? Na, irgendwie **„Zur falschen Zeit“** (Alain Claude Sulzer). Derweil sollte man aber nicht zu oft **„Die Nachrichten“** (Alexander Osang) anschalten oder **„Mein Leben als Suchmaschine“** (Horst Evers) verdödeln, weil man sonst schnell feststellen wird, dass es nicht viel ist, **„Was vom Tage übrigblieb“** (Kazuo Ishiguro).

Sie werfen ein: **„Vielleicht ist es sogar schön“** (Jakob Hein), denn wie soll man es sonst zubringen, dieses enervierende **„Warten“** (Friederike Gräff)? Ja gut, aber probieren Sie ruhig mal **„Das Glück der Unerreichbarkeit“** (Miriam Meckel) oder versuchen sich sportlich-elegant im **„Rückwärtswalzer“** (Vea Kaiser), denn im Grunde haben Sie doch jetzt **„Alle Zeit“** (Kathrin Gerlof).

Sie fürchten wie all **„Die Ängstlichen“** (Peter Henning) die plötzliche **„Stille“** (Erling Kagge) und fühlen sich wie im **„Transit“** (Anna Seghers)? Sehnen sich gar nach **„Couchsurfing in China“** (Stefan Orth)? Halten Sie aus! Es ist nur **„Eine Frage der Zeit“** (Alex Capus), bis das wieder möglich ist, oder sogar **„Ein Monat auf dem Land“** (J.L. Carr)!

Aber bis dahin sollten Sie sich besser noch den **„Freuden der Langeweile“** (Alain de Botton) hingeben und sich etwas **„Für Nächte am offenen Fenster“** (Max Goldt) überlegen, wobei Sie dann ja auch gern Aufzeichnungen darüber machen können, **„Was man von hier aus sehen kann“** (Mariana Leky). Und legen Sie bei der Gelegenheit ruhig auch ein **„Verzeichnis einiger Verluste“** (Judith Schalansky) an.

Sind Sie gar passionierter Aquarianer? Dann freuen Sie sich angesichts ausbleibender Kulturangebote einfach auf **„Das Fischkonzert“** (Halldór Laxness) zu Hause.

Sollten Sie sich nach mehrtägiger Isolation das ein oder andere Mal bei dem etwas müden Gedanken **„Heute wär ich mir lieber nicht begegnet“** (Herta Müller) ertappen und sich nach all dieser Alleinseinskrisenlektüre fragen: **„Wann wird es endlich wieder so, wie es nie war?“** (Joachim Meyerhoff), ist das alles nicht schlimm oder peinlich.

Denn auf alle Fälle ist man am Ende dies: **„Die souveräne Leserin“** (Alan Bennett). Und so manches Mal werden wir dereinst Corona-nostalgisch **„Vom Zauber des seitlich dran Vorbeigehens“** (Max Goldt) schwärmen.

29. März - **So sonderbar normal**

Eben noch wähnte man sich als speziell, galt als sonderbar, spleenig, unnormal, nur weil man:

Ungern ausging, und schon gar nicht auf Partys.

Sich schwertat mit Verabredungen und Treffen.

Nicht gerade eine Freundin von Gruppenaktivitäten war.

Eine Aversion gegen langes Rumgesitze auf Verwandtschaftsversammlungen hatte.

Beim Essen gern seine Ruhe und nichts gegen Alleinsein hatte.

Draußen unterwegs auf spontane Smalltalkbegegnungen und deren Zwanghaftigkeit eher verzichten konnte.

Beim Einkaufen Ausschau nach Hafermilch, Dinkelmehl und Kurkuma hielt.

Gern Abstand zu fremden Mitmenschen und ihren verbalen wie biochemischen Ausdünstungen hielt.

Stille mochte und gern so für sich spazieren ging.

Einfach gern zu Hause war und viel las.

Öfter auch mal puzzelte.

Dann kam Corona. Und plötzlich war das Sonderbare normal.

Wie sollte man jetzt noch einigermaßen distinguiert gegen den Strom schwimmen?

30. März - **Ode an den Ellenbogen**

Da sag' noch einer was gegen die Ellenbogengesellschaft! Der Körperteil, der in aus heutiger Sicht normalen, aber insgesamt ja doch irgendwie unnormalen, na jedenfalls Zeiten, da man sich nicht wegen eines Virus aus dem Weg geht und ignoriert, sondern einfach, weil einen die anderen nerven, also dieser Körperteil, der uns dann so unangemessen unsozial erscheint, kommt nun endlich zu seinem Recht, wenn nicht zu allen Ehren.

Da gibt es Menschen, die zur Begrüßung einfach nicht auf Körperkontakt verzichten wollen und sich anstelle des Handschlags mit einem Ellenbogen- ja, was eigentlich: -knuff, -bussi, -touché? behelfen. Hat irgendwie was Krampfhaft-Juveniles, aber bitte sehr. Und dann wird uns der Ellenbogen auch noch zum Türöffner: Klinken mit dem Ellenbogen runterdrücken, Knäufe geschickt mit der Beuge umkrallen oder der Tür mit dem Ellenbogenspitzknochen einfach einen Schubs geben. Auch kann man, wenn man die Berührung mit der Hand vermeiden möchte, Wasserhahnhebel per Ellenbogen bedienen, Lichtschalter betätigen oder Gegenstände rüberschieben.

Sicher, der Ellenbogen kann vieles auch nicht. Aber wir wollen ja jetzt nicht trübsinnig werden. Einen schönen Ellenbogentag noch!

31. März - **Ein Leben mit Internetsport ist möglich – aber auch nicht so das Wahre**

Normalerweise gehe ich einmal in der Woche zum Sport. So etwas wie Medizin nach Noten, man turnt eine Stunde lang in der Gruppe nach, was die Gruppenleiterin vormacht, dazu gibt's Musik, ein bisschen Gelenkknacken hier, ein bisschen Schulter- Aua da, kollektives Ächzen, Schnaufen und Jammern ... Das ist weniger schweißtreibend als unterhaltsam und umso geschätzter. Jetzt aber ist nicht normalerweise und nicht nur die Museen und das Theater haben zu, sondern auch die Turnhalle. Nach drei sportlosen Wochen fange ich nun langsam an, das einmal wöchentlich-abendliche verrenkungsreiche Gehopse zu vermissen. Mein Bruder schickte mir einen Link zu einem internetbasierten Workout (ja, nicht so schnödes Sportmachen, sondern richtig fit-vorzeigbares Würg-aut zum Angeben!) für zu Hause. Vernünftigerweise habe ich mich für die 10-Minuten-Variante entschieden und alles auf Level 1 eingestellt.

Bevor ich mit einmal Draufklicken den Vorturner aktiviere, schnell noch die Vorhänge zugezogen, flugs dem inneren Schweinehund ein Sportshirt übergestreift und schon geht's los. Ach, die Brille noch! Sonst erkenn' ich doch nicht, was der Mann in meinem Laptop da macht.

Und er macht kraftvoll-dynamische Kick-Schritte nach vorn, merke ich schnell daran, dass ich meinen Fuß mit Schwung gegen den Tisch krawumme, auf dem der Laptop steht. Und während ich noch versuche, stummleidend den Schmerz wegzurubbeln, ist die Übung auch schon vorbei. Nächste: Im Liegestütz das linke Bein über das rechte hinwegschwüngeln, links abstellen ... rummswusch ... da war der Bücherstapel im Weg ... egal, weiter ... Bein rechts rüber, polter, ach ja, die Wäscheschüssel samt Klammern.

Nächste Übung, äh, was? Erst mal näher an den Laptop ran und gucken. Und schon geht's los. Ah, nee, erst mal noch den Bildschirm etwas runterklappen, damit ich noch mal gucken kann beim Liegend-üben. Jetzt noch was, ah, juchhu, das kenn ich aus dem Kurs! Ja, genau, so machen wir das auch immer, super... Oh, schon vorbei.

Puh, ganz schön ins Schwitzen gekommen. Aber auch ziemlich hektisch so ein Internetsport. Und irgendwie fehlt es doch auch, das kollektive Ächzen und Schnaufen und Jammern...

1. April - **Schlange der Deutschen Einheit**

Wenn mir jemand sagt, ich solle etwas mir Gesagtes für mich behalten und ja nicht weitererzählen, dann ist das keine große Schwierigkeit. Weil ich vieles von dem, was man mir so erzählt, sowieso meistens recht schnell wieder vergessen habe. Mit den Erkenntnissen aber, die man so für sich gewonnen hat, ist es schon nicht mehr ganz so leicht. Die will man dann doch ganz gern loswerden – könnte ja ein genialer Gedanke dabei sein, um den es schade wäre, wenn ihn jemand anders für sich beansprucht.

Also lasse ich die coronaverwirrte Welt gern an folgender Wahnsinnsnachricht teilhaben: Corona ist ein innerdeutsches Versöhnungsprojekt. Vielleicht haben es viele von uns schon wieder verdrängt oder vergessen, aber wir befinden uns immer noch im 30. Jahr der Neuen Deutschen Einheit. Und da braucht man doch etwas Verbindendes. Etwas Völkerverständigendes. Und weil das Verständnis oft noch so eine West-Ost-Schwäche hat, hat man sich jetzt die Konsumwarenverknappung und eine infolge der Kontaktsperre nötige Warenbesorgungsregulierung ausgedacht. Jetzt dürfen endlich auch mal die Wessis erfahren, was es heißt, vor Geschäften Schlange zu stehen und die sich steigernde Bange erdulden zu müssen, ob es denn und was es denn heute überhaupt noch zu kaufen gibt?

3. April - **Abgestempelt: Wie man Corona-Knigge-Träge motivieren kann**

Früher, in den Schulen der DDR, gab es Bienchen ins Heft, wenn man eine Aufgabe besonders gut erledigt hatte. Zugegeben, ich war eine Bienchensammlerin. Fand ich gut. Und beim Schuljahresabschlussappell ging ich gern nach vorn, um mir eine Urkunde oder gar ein Abzeichen überreichen zu lassen. Das Anreizsystem hat funktioniert.

Heute, als Erwachsener im bundesdeutschen Arbeitsleben, macht man halt seine Arbeit und hat auch ohne Bienchen zufrieden zu sein. Als Ausgleich fürs ausbleibende Lob gibt es an anderer Stelle, wenn man nur fleißig oft genug und viel genug einkauft, sogenannte Treuepunkte (ha, wenn es die man auch im menschlichen Zusammenleben gäbe, wäre so mancher Ehe geholfen!). Die Leute sind jedenfalls ganz wild drauf.

Und wer im Internet die Kommentare zu Kommentaren zu Meinungen über Kommentare zu Meinungen kommentiert, kann auch dafür „Bienchen" bekommen, die eben nur die Gestalt gewandelt haben und vom niedlichen Honigbrummer zum stramm gereckten Daumen geworden sind.

Und wer sich dann noch einigermaßen selbst bewegt, kann sich vom entsprechend aktivierten technischen Gerät in statistischen Kalorienverbrauchs- und Schrittabsolvierungszählungen bestätigen lassen, dass er sich bewegt hat.

Man sieht: Der Mensch will gefallen und belohnt werden.

Das sollten wir in Zeiten von Corona ausnutzen. Denn das Gehirn des Menschen ist nicht das schnellste. Und so muss man auch zwei Wochen nach Erstbekanntmachung der vorläufigen Sinnhaftigkeit gewisser Abstandsregeln immer noch Angst vor den Mitmenschen haben, denen es schwerfällt, das ernst zu nehmen. Das könnte man mit einem Anreizsystem ändern! Nicht immer meckern und verbieten und ermahnen, nein – Belohnen und Loben sind gefragt. Da ist der Mensch im Grunde seines Wesens halt auch bloß ein Hund.

Deswegen gilt ab sofort:

Wer mindestens den Mindestabstand einhält, zuerst mal in den Haus- oder Büroflur späht, um zu sehen, ob keiner kommt, und wenn doch, denjenigen erst mal vorbeigehen lässt; wer in der Büroteeküche darauf besteht, allein das Wasserkochwerk zu vollenden, bevor der nächste Kollege rein kann, und umgekehrt die bereits in der Küche seiende Kollegin erst mal zu Ende machen lässt; wer beim doch unvermeidlichen Aneinandervorbeigehen nur wegschauend freundlich-stumm nickt, statt zugewandt fröhlich-feucht Hallo zu sagen; wer all dies beherzigt oder noch dazu gar einen Mundschutz trägt, um andere zu schützen …

… der bekommt dafür ein lustig-buntes Corona-Virus ins natürlich virtuell-berührungslose Bonusheft gestempelt. Und wer zehn zusammenhat, darf nicht etwa einmal frei heraus husten oder maskenfrei feuchtsprechen, sondern einfach: weitersammeln.

6. April - **Nu ma nich so rumsitzen, da!**

Ach, wir armen okzidentalen immer schaffen, leisten, liefern und kaufen, konsumieren, verbrauchen und uns fithalten, weiterbilden, optimieren müssenden Unruhemenschen. Fühlen uns gegängelt, weil man uns ermahnt, bitte mal untätig zu Hause zu bleiben. Wir können das eben nicht, wie ja schon Blaise Pascal im 17. Jahrhundert festgestellt hat: „Das ganze Unglück der Menschen rührt allein daher, daß sie nicht ruhig in einem Zimmer zu bleiben vermögen."

Da die wohlmeinende staatliche Obrigkeit das weiß, erlaubt sie uns bei aller Corona-bedingten Kontaktsperrigkeit, wenigstens draußen ein bisschen herumzulaufen, -zuradeln, -zujoggen, -zugassigehen. Aber – immer schön in Bewegung bleiben, nicht stehenbleiben! Es kann leider nicht erlaubt und schon gar nicht geduldet werden, zu Erholungszwecken einfach nur mal so in der Sonne und an der frischen Luft zu stehen oder auf einer Bank oder Wiese zu sitzen. Auch nicht allein, nein, nein, husch, auf, weg da, gehen Sie bitte weiter! Wer im öffentlichen Raum einfach nur so rumsitzt, möglicherweise auch noch ohne glaubhaft nachweisbare gesundheitsfördernde Absicht, ist nicht nur untätig, sondern ineffizient und unnütz. Alles Tun und Nichttun kann nicht zweckfrei erfolgen, auch in der verordneten Untätigkeit liegt schließlich ein höherer Sinn – nämlich unser aller Wohl und somit ausnahmsweise mal die Rettung der Welt.

Und so schämt man sich mittlerweile auch nach einem ganz normalen freien Tag, auf die Frage „Und, was haste alles so gemacht?“ nur peinlich-verdruckst vermelden zu können: „Ach, nichts Systemrelevantes.“

BONUS-HÄPPCHEN

Bestellung

Die Nudeln sind „mit Pilze“,
das Gulasch ist „mit Klöße“,
der Gast bestellt: „Ach, bitte, wenn
Sie beides brächten – und zwei n!?“

Ein kurzes Gedicht, das nach einer langen Zeit der Schlaflosigkeit entstand, was für den Inhalt womöglich überhaupt nicht von Belang ist, aber angesichts der steigenden Länge des Titels doch extrem neugierig macht

Ich runzele die Stirn
Ich martere das Hirn
Ich wollte etwas dichten
Ein Reim fand sich mitnichten

Aus-gedacht

Denken, dachte sie, kann doch gar nicht so schwer sein. Und fing an, darüber nachzudenken, worüber man mal nachdenken müsste. Und ja, da gab es einiges Denkwürdiges. Aber alles, woran sie dachte, war ja schon einmal gedacht worden oder wurde in diesem Moment von jemand anderem gedacht. Und des Plagiats wollte sie sich nun wirklich nicht verdächtig machen. Dachte sie und stellte das Denken vorläufig wieder ein. Und so hatte es sich aus-gedacht.

Schlusswort. NUN IST ES AUS, DAS BUCH

Nein, dieses Buch ist nicht kaputt. Es ist nur alle. Zu Ende gelesen. Und auch wenn Sie jetzt gern mit dem Finger drüberwischen oder Ihr Smartphone auf der Suche nach dem QR-Code mit weiterführenden Links und Empfehlungen drüberhalten wollen, muss ich Sie darüber informieren: Da wird nichts passieren. Aber seien Sie nicht traurig – wenn Sie die Freude über das Gelesene teilen wollen: Laden Sie Freunde und Bekannte zu sich ein und lesen Sie Ihnen Ihre Lieblingsgeschichtchen aus dem Buch vor, oder die, mit denen Sie die anderen sich so schön ertappt fühlen lassen können.

Oder: Lassen Sie es eine Weile liegen und blättern später noch mal darin. So ein Buch wird nicht schlecht, braucht nicht alle paar Wochen ein Update, ist auch nach Jahren noch mit Ihrer Lesekompetenz kompatibel und muss weder jetzt noch später zur Abgasuntersuchung. Bleibt nur zu hoffen, dass es nicht eines Tages ganz allein auf der Welt ist.